अपने-अपने दाँव

(व्यंग्य नाटक)

अपने-अपने दाँव

दया प्रकाश सिन्हा

वाणी प्रकाशन

प्रकाशन के उत्कृष्टतम 62 वर्ष

vaniprakashan.com

सजिल्द पहला संस्करण : 1973
सजिल्द दूसरा संस्करण : 2005
सजिल्द तीसरा संस्करण : 2025

वाणी प्रकाशन

4695, 21-ए, दरियागंज, नयी दिल्ली-110 002

फ़ोन : + 91 11 23273167, 23275710

शाखाएँ

अशोक राजपथ, पटना-800 004, बिहार

कॉफ़ी हाउस कैम्पस, महात्मा गांधी मार्ग, प्रयागराज-211 001, उत्तर प्रदेश

महात्मा गांधी अन्तरराष्ट्रीय हिन्दी विश्वविद्यालय, वर्धा-442 001, महाराष्ट्र

sales@vaniprakashan.in
vaniprakashan@gmail.com

Apne-Apne Daanv
by Daya Prakash Sinha

ISBN : 978-81-8143-314-5
Play

मूल्य : ₹ 295

जी.एस. ऑफ़सेट, दिल्ली-110 095 में मुद्रित

वाणी प्रकाशन का लोगो मक़बूल फ़िदा हुसैन की कूची से

प्रतिभा के कहने पर ही यह नाटक लिखा गया था।
इसकी अनेक प्रस्तुतियों में भी प्रतिभा ने अनुपम
और अविस्मरणीय अभिनय किया था।
अतएव यह समर्पित है—

प्रतिभा की स्मृति को

पुरोवाक् : नाटककारीय

"यह नाटक मंच पर अत्यन्त सफल सिद्ध होता है। इसकी अभिनेयता ही इसका गुण है। दर्शक इसे बहुत पसन्द करते हैं"—ऐसा कहने पर लगेगा कि मैं अपने नाटक की स्वयं ही प्रशंसा कर रहा हूँ। अपने आप मियां—मिटठू बन रहा हूँ। इसमें "सेल्समैन" की झलक मिलेगी, जो अपने रद्दी माल को किसी न किसी तरह बेचना चाहता है। अतएव स्पष्टीकरण आवश्यक है।

मैं अपने लिखे नाटकों को सबसे पहले स्वयं ही मंच पर प्रस्तुत करता हूँ। स्वयं निर्देशित करता हूँ, या निर्देशन और प्रस्तुति से सम्बद्ध रहता हूँ। इसके द्वारा मैं नाटक का परीक्षण, विश्लेषण संशोधन, परिवर्धन एक निर्देशक की निगाह से करता हूँ। नाटक के रूप में अपने लिखे शब्दों, संवादों से कितना ही मोह क्यों न हो, निर्देशक के रूप में, मैं उनको निर्ममता से काटता छांटता हूँ। निर्देशक के रूप में मेरा व्यक्तित्व नाटककार से एकदम अलग होता है। अतएव मैं अपने ही नाटक की मंच क्षमता के बारे में तटस्थ होकर एक अन्य व्यक्ति के समान टिप्पणी कर सकता हूँ। मैं इस नाटक की अनेक प्रस्तुतियों से सम्बद्ध रहा हूँ। दिल्ली और लखनऊ में कई प्रस्तुतियां कीं। 1976-79 के बीच में मैंने फीजी में इस नाटक के अनेक प्रदर्शन किए। सब ही प्रस्तुतियों में यह नाटक मंच पर खरा उतरा, दर्शकों को दो घंटे तक गुदगुदाता, और कभी-कभी खुल कर हंसाता रहा। इससे मैं इस नाटक की मंचीयता के प्रति आश्वस्त हूँ।

कभी-कभी मंच प्रस्तुति के पश्चात् मुझे एक दो कुछ "ज़्यादा पढ़े" विद्वान और समीक्षक मिले, जिन्होंने मुझसे पूछा कि यह नाटक कहना क्या

चाहता है? इस प्रश्न में यह अन्तर्निहित है कि हर नाटक को कुछ कहना चाहिए। हर नाटक में कोई संदेश होना चाहिए, या ऐसा कुछ होना चाहिए जिससे कि दर्शक नाटक का सारांश निकाल सकें। या स्पष्ट शब्दों में नाटक में ऐसा कुछ होना चाहिए जिससे ''सामाजिक परिवर्तन'' लाया जा सके। नहीं तो कुछ भारी भरकम शब्दों का जाल, नए से लगते विचारों का उलझाव, आयातित मानदंडो पर खरी उतरती ऊलजलूलता (एबसर्डिटी)—कुछ तो हो। मैं उनसे क्या कहूं। कुछ ज्यादा ही ''पढ़े लिखे'' होने के कारण वह मेरी बात शायद नहीं सुनेंगे। सुनेंगे भी तो न सुनने का नाटक करेंगे। शेक्सपियर का 'हेमलेट' क्या कहता है ? कालिदास का ''शकुन्तला'' नाटक कौन से सामाजिक परिवर्तन का झंडा ऊँचा करता है? मौलियर के नाटक कौन सा गुरुगंभीर विचार प्रतिपादित करते हैं ? नाटक की सफल प्रस्तुति जिसमें अभिनेता और दर्शक बराबर की साझेदारी अनुभव करें, क्या नाट्य—उद्देश्य की चरम—प्राप्ति नहीं है ?

मैंने नाट्य—लेखन लगभग चालीस वर्ष पूर्व प्रारंभ किया था। किन्तु अपने नाटककार को कभी गंभीरतापूर्वक नहीं लिया। मेरे मन में तो अभिनेता समाया हुआ था। और जब पूर्णकालिक रूप से मंच पर नहीं जा सका और सरकारी नौकरी में फंस गया तो विवश होकर अपने मन को समझाना पड़ा। लेकिन जिस तरह से चोर चोरी से चला जाए, हेराफेरी से नहीं जाता, उसी तरह मैं रंगमंच से अपने आपको पूरी तरह काट नहीं पाया। कभी-कभी नाटक लिखता रहा, निर्देशित करता रहा, या उनमें अभिनय भी करता रहा। कुछ नाटक अच्छे लिख गए, कुछ सामान्य। यह सब अपने आप ही हुआ। मैंने अपने को न स्थापित करने का प्रयत्न किया और न गंभीरता से लिखने का। इसीलिए जब एक मित्र ने, जो एक प्रकाशन संस्थान में काम कर रहे थे, 1974 या 1975 में मुझसे यह नाटक प्रकाशित करने को मांगा तो मैंने भूमिका सहित पांडुलिपि दे दी। जहाँ तक मुझे याद है, प्रकाशक से कोई 'एग्रीमेंट' भी नहीं हुआ था। नाटक जब तक प्रकाशित होकर आए मैं तीन वर्ष के लिए विदेश चला गया। लौट कर नाटक के विषय में कुछ नहीं सुना। जब प्रकाशक संस्थान का पता लगाने की कोशिश की तो ज्ञात हुआ कि वह दिए पते से हट कर

कहीं और चला गया है। सुना कि नाटक प्रकाशित तो हुआ था, किन्तु बिका या गोदाम में सड़ गया, इसके बारे में प्रकाशक ने आज तक मुझे कोई सूचना नहीं दी। जिस उदासीनता से मैंने अपने नाट्य–लेखक को लिया है उसमें यह तो अपेक्षित था ही। अब आयु के अन्तिम चरण में मैं लिखना चाहता हूँ। अनुभवों का पुंजीभूत अंबार है। उन्हें लिखना चाहता हूँ। पहले की तरह उदासीनता के साथ नहीं, संकल्प के साथ।

यह नाटक मुझे बहुत प्रिय है, क्योंकि इस नाटक के साथ मेरी माँ और पत्नी की स्मृतियां जुड़ी हैं। वह दोनों अब इस संसार में नहीं है। जब छोटा था, बहुत छोटा, शायद आठ नौ साल का, तब मेरी माँ (उन्हें मैं माता जी कहता था) ने मुझे कहीं से सुनी सुनाई कहानी सुनाई कि किस तरह एक बुढ़िया की दौलत एक बक्स में थी, और उसकी जान तब ही निकली, जब उसने बक्स चारपाई पर रखवाकर उसका ताला अपने हाथ से पकड़ लिया। बचपन की सुनी इस कहानी पर मैंने 1963 में यह नाटक लिखा, जब विवाह के पश्चात् मेरी पत्नी प्रतिभा ने मुझसे नया नाटक लिखने को कहा। मैंने शर्त लगाई कि मैं केवल बोलूंगा, लिखना तुमको पड़ेगा। पत्नी सहमत हो गई, और यह नाटक लिख गया। इसीलिए बाद में वह मुझसे कहतीं थीं कि इस नाटक के आप केवल "बोलक" हैं, लेखक मैं हूँ।

मेरी दृष्टि में, यह नाटक एक "सिचुएशनल कॉमेडी" है। बहुत से हास्य नाटकों में पात्र हकलाते हैं, लंगड़ाते हैं, बिना बात कंधे उचकाते हैं, आदि आदि, और इससे हास्य उत्पन्न किया जाता है। इस नाटक के किसी पात्र में कोई शरीरगत दोष नहीं है। और न ही संवाद में हास्य उत्पन्न करने के लिए जुम्लेबाजी का सहारा लिया गया है। चरित्र और संवाद स्वाभाविक और सहज हैं, लेकिन नाटक की विकास गति और कथानक के क्रमिक उद्भासन में ऐसी स्थितियां आती हैं, जिनमें पात्रों के सहज होने पर भी दर्शक अपनी हंसी नहीं रोक पाते।

इस नाटक के प्रकाशन के लिए भूमिका लिखते समय वह सब लोग याद आ रहे हैं, जो इसकी विभिन्न प्रस्तुतियों में मेरे साथ थे। विशेष रूप से प्रतिभा, हीरा, चड्ढ़ा, राजेश रायज़ादा, सरनबली श्रीवास्तव तथा......

जो अब इस संसार में नहीं है। जिस प्रकार मंच पर अभिनेता सीमित अवधि के लिए प्रकट होता है, फिर अपनी भूमिका निर्वहन के पश्चात नेपथ्य में विलुप्त हो जाता है, उसी प्रकार इस जीवन के रंगमंच पर ये भी अपना–अपना नाटक खेल कर अन्तर्ध्यान हो गए है, किन्तु अपने अभिनय की याद छोड़ गये हैं।

दया प्रकाश सिन्हा

आनन्दनिष्यान्दिषु रूपकेषु व्युत्पत्तिमात्र कलमल्पबुद्धिः
थोऽपीतिहास्त दिवदाह साधुस्तस्मै नमः स्वादुपरांगमुखाय।

जो कम बुद्धिवाला आनन्द बरसाने वाले रूपकों (नाटकों) का फल यह बताता है कि इनसे इतिहास आदि पढ़ने के फल के समान केवल ज्ञान भर मिलता इ है, ऐसे अरसिक को दूर से नमस्कार।

प्रथम प्रस्तुति

इलाहाबाद आर्टिस्ट एसोसियेशन द्वारा नवम्बर 6, 1966 को पैलेस थियेटर, इलाहाबाद में 'अपने अपने दाँव' की प्रामि प्रस्तुति संपन्न हुई, जिसमें निम्नलिखित ने भाग लिया :–

बुआदादी	:	सरिता शर्मा (सरन)
काके	:	संदीप शर्मा
माँ	:	हीरा चड्ढा
डब्बू	:	कपिल देव साई
रानी	:	उमा सप्रू
हरी बाबू	:	नरेन्द्र सक्सेना
सुशीला बहन	:	आशा
डाक्टर	:	प्रदीप कुमार
शहंशाह बहादुर	:	दया प्रकाश सिन्हा

निर्देशक
बालकृष्ण

सहारा

लालच से रिश्तों में पड़ती दरारों की झलक दिखी 'अपने-अपने दांव' में

'अपने-अपने दांव' खूब चले

दरकते रिश्तों की कथा है 'अपने अपने दांव'

राजधानी

दौलत की हवस में अंधा न होने का पैगाम दिया 'अपने-अपने दांव' ने

आज खून के रिश्ते भुला पैसे के लिए लगते हैं 'अपने-अपने दांव'।

THE TIMES OF INDIA

THURSDAY, OCTOBER 1, 1987

Co-ordination hallmark of Apne Apne Daav

By SHITAL MUKERJI

LUCKNOW, September 30:

राजधानी

दौलत की हवस में अंधा न होने का पैगाम दिया 'अपने-अपने दांव' ने

रिश्तों की खोखली बुनियाद को उजागर किया

अमर उजाला

8, मेरठ, सोमवार, 24 फरवरी, 2003

सपना हुआ धराशायी जब सूटकेस से निकला जूता

'अपने-अपने दांव' ने खूब हंसाया

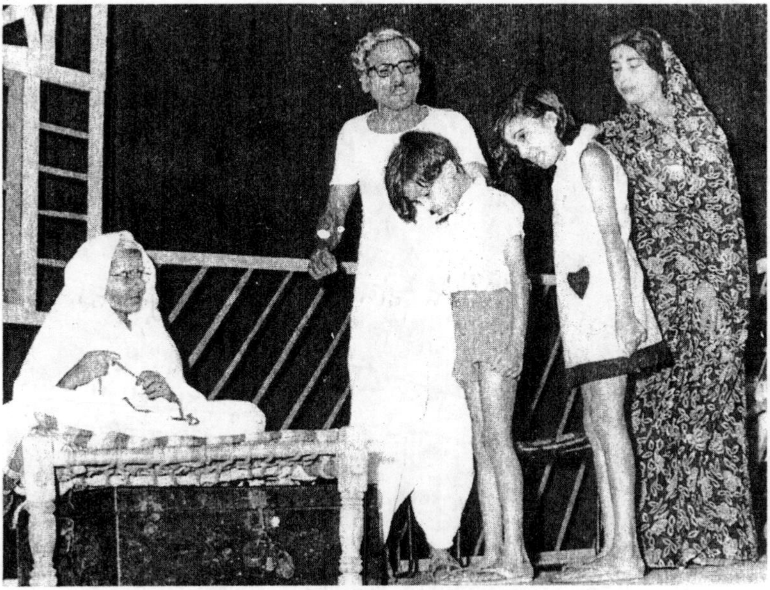

अपने-अपने दाँव : 'माँ' (किरन घई), 'बाबूजी' (राजेश रायज़ादा), 'डब्बू' (डोना) तथा 'डिग्गी' (मोना)

अपने-अपने दाँव : 'बाबूजी' (राजेश रायज़ादा), 'हरी बाबू' (राजेन्द्र वर्मा), तथा 'रानी' (गीता जौहरी)

अपने-अपने दाँव : 'माँ' (प्रतिभा सिन्हा)

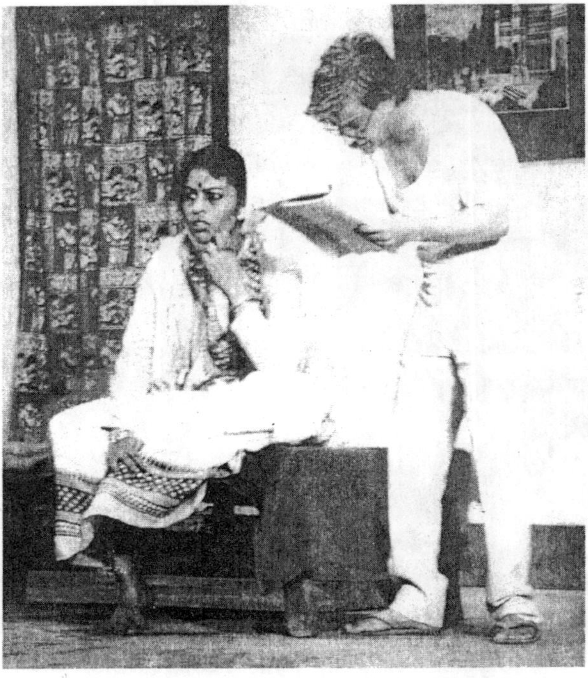

अपने-अपने दाँव : 'माँ' (प्रतीची) तथा 'बाबूजी' (रिशाद रिजवी)

अपने-अपने दाँव : 'माँ' (प्रतिभा सिन्हा) तथा 'बाबूजी' (राजेश रायज़ादा)

अपने-अपने दाँव : 'शंहशाह बहादुर' (दया प्रकाश सिन्हा) तथा 'बाबूजी' (राजेश रायज़ादा)

अपने-अपने दाँव : 'रानी' (गीता जौहरी) तथा 'हरी बाबू' (राजेन्द्र वर्मा)

अपने-अपने दाँव : 'बाबूजी' (रिशाद रिज़वी), 'हरी बाबू' (नरेन्द्र त्रिपाठी), 'माँ' (प्रतीची) तथा 'रानी' (अल्पना त्यागी)

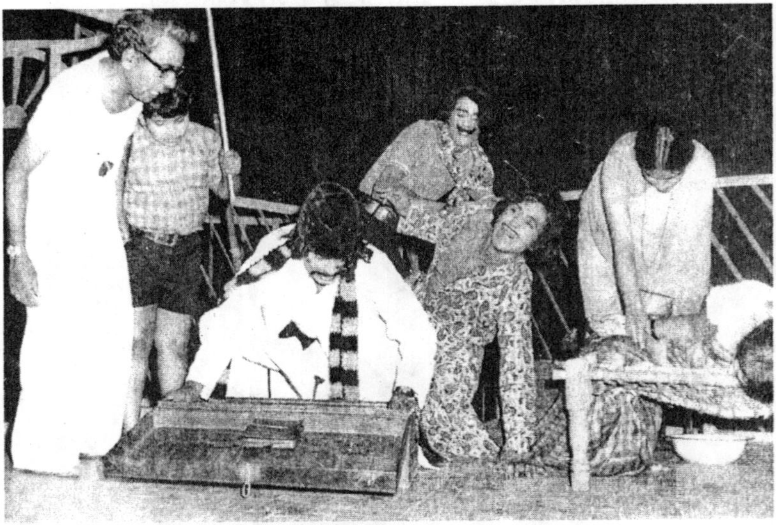

अपने-अपने दाँव : 'बाबूजी' (राजेश रायज़ादा), 'काके' (प्रभात रमण), 'शंहशाह बहादुर' (दया प्रकाश सिन्हा), 'हरी बाबू' (राजेन्द्र वर्मा) तथा 'रानी' (गीता जौहरी)

पात्र

बाबूजी	:	गृहपति, 45-50 वर्ष
माँ	:	बाबूजी की पत्नी, 40-45 वर्ष
रानी	:	बाबूजी की पुत्री, 22 वर्ष
हरी बाबू	:	रानी का पति, 26 वर्ष
काके	:	बाबूजी का पुत्र, 10 वर्ष
डब्बू	:	बाबूजी का पुत्र, 5 वर्ष
सुशीला बहन	:	माँ की सहेली, 45 वर्ष
बुआदादी	:	बाबूजी के रिश्ते की बुआ, 80 वर्ष
शहंशाह बहादुर	:	बुआदादी के देवर, 50 वर्ष
डॉक्टर	:	40 वर्ष
गुंडा	:	30 वर्ष

अपने-अपने दाँव

अंक-1

प्रथम दृश्य

समय : वर्तमान।

स्थान : उत्तर प्रदेश के किसी छोटे नगर के निम्न मध्यवर्गीय मकान के दो कमरे।

मंच सज्जा : *दो कमरे एक दूसरे से अलग-बीच की दीवार के द्वारा। यह बीच की दीवार पीछे से 'प्रोसेनियम' तक सांकेतिक रूप में केवल तीन चौथाई दूरी तक आती है, ताकि दोनों कमरों में होने वाला अभिनय समस्त दर्शकों को दिखाई दे। बीच की दीवार में एक दरवाजा है। दोनों कमरों में पीछे की दीवार में एक-एक दरवाजा हैं। बायें कमरे में दरवाजा बाईं दीवार में है, जो घर के बाहर खुलता है।*

दायें कमरे में बीचों-बीच एक चारपाई पड़ी है। उस पर मामूली बिस्तर बिछा हुआ है जिस पर बुआ दादी बैठती है। चारपाई की बुनाई इतनी ढीली है कि बिस्तर करीब-करीब चारपाई के नीचे रखे लोहे के बक्स पर टिक जाता है। बक्स में अनुपात से अधिक बड़े, ज़ंग से काले लोहे के ताले पड़े हैं। ***चारपाई के सिरहाने एक तिपाई पर अचार के चार-पाँच अमृतवान तथा घी का टिन रखा हुआ है। दूसरी मेज पर पूजा-पाठ***

का सामान तथा शीशा कंघा रखा है।

बायें कमरे में एक तख्त, एक कुर्सी तथा एक मेज है। यह कमरा मेहमानों के आने पर बैठक का काम देता है। बाकी समय बच्चों के पढ़ने तथा माँ के घर-गृहस्थी के काम-काज में सहयोग देता है।

प्रारम्भ : *पर्दा खुलने पर बायें कमरे में काके मेज पर झुका पढ़ता दिखाई देता है, तथा दायें कमरे में चारपाई पर बैठी आँख बन्द किये, माला जपती बुआ दादी दिखाई पड़ती है।*

(बायाँ कमरा)

माँ : **(बायें कमरे में, पीछे के द्वार से प्रवेश करते हुए)** काके, जरा सुशीला बहन के यहाँ तो चले जाओ।

काके : **(बिगड़कर)** मैं कहीं नहीं जाऊंगा।

माँ : क्यों नहीं जाओगे? क्या तुम्हारे पैरों में मेंहदी लगी है? सुशीला बहन से कहना.......

काके : कह दिया कि मैं नहीं जाऊंगा। देखती नहीं हो कि पढ़ रहा हूँ।

माँ : देखती हूँ, लेकिन थोड़ी देर में तेरा कुछ बिगड़ नहीं जायेगा।

काके : इम्तहान का सिर्फ महीना भर रह गया है, अगर फेल हो गया तो तुम और बाबू जी दोनों कान पकड़ोगे। न बाबा, मैं नहीं जाता।

माँ : अरे चला भी जा। सुशीला बहन से कहना.....

काके : **(तेज दृढ़ स्वर में)** मैं नहीं जाऊंगा। बस।

माँ : **(क्रुद्ध)** नहीं जा। कौन तेरे पैर पड़ता है। अपनी मर्जी से नाचे—नाचे घूमेंगे। मैंने कह दिया तो लगे पढ़ने। आज ही तो पढ़कर लाट कमण्डल बन जायेगा। **(माँ का बड़बड़ाना; चुप करने के लिए, कुछ चिढ़ाते हुए, काके जोर-जोर से पढ़ता है—'रामः रामौ रामः'। माँ जैसे-जैसे जोर से बोलती है वैसे ही वैसे वह तेज**

आवाज में पढ़ता है।) अभी कोई दोस्त आ जाता तो उठ कर चल देते। अभी से ये हाल है तो आगे क्या उम्मीद करूँ। बड़ा पार लगायेंगे। बड़े सआदतमंद बेटे हैं। **(काके के रूप याद करने से चिढ़ कर)** अच्छा-अच्छा सुन लिया बड़ा पढ़ते हो! खामोश रहो। मैं जाती हूँ. ....बड़ा पढ़ने चले हैं। **(प्रस्थान—पीछे के द्वार से। काके चुप हो कर पुनः पढ़ने में व्यस्त हो जाता है।)**

(दायाँ कमरा)

(बुआ दादी आँखें बन्द किये माला जप रही हैं। पीछे के द्वार से डब्बू का **प्रवेश**। वह कुछ देर पूजा करती दादी की बन्द आँखों को देखता है फिर चुपके से बक्स का ताला पकड़ कर हिलाता है। बुआ दादी उसको पकड़ने को हाथ बढ़ाती हैं, तो वह अमृतवान से अचार निकाल कर भागता है।)

दादी : **(चिल्लाते हुए)** डकैत, बदमाश, उठाईगीरा, खड़ा रह, खड़ा रह। अभी बताती हूँ। **(डब्बू, अँगूठा दिखा के भाग जाता है)** भाग गया। अरे कोई इस बदमाश को पकड़े। हाय, हाय, लूट ले गया। अरे कोई बचाये। यहाँ तो सब मिल के मारे डालते हैं। अरे बेशर्मो, मैं हमेशा तो नहीं जीऊंगी। तब तक तो सबर करो। मगर नहीं, जिन्दा ही नोचे मारे डालते हैं। अरे कोई है? अरे क्या सब कान में तेल डाले हैं ? क्या सबको साँप सूँघ गया ? हाय, मैं कहाँ डूब मरुँ ! कहाँ समा जाऊं। हाय ! हाय! **(माँ का और पीछे-पीछे बाबू जी का पीछे के द्वार से प्रवेश। काके भी बायें कमरे से बीच के द्वार से भाग कर आता है।)**

माँ : क्या हुआ बुआ जी ?

दादी : अरे मर गई बुआजी, उसकी अर्थी का इन्तजाम करो। कहला दो मुहल्ले भर में। ले चलो उसे फूंकने।

बाबू : **(सहानुभूति से)** राम! राम! कैसी बातें करती हो

बुआ? मरें तुम्हारे दुश्मन।

दादी : अरे भैया, ऐसे नहीं मरूंगी। जिन्दा ही गंगा में बहा दो। **(अंगूठा दिखा के, क्रोध से)** अंगूठा दिखाता है। बेईमान, अंगूठा दिखाता है। लूट लिया, भैया, एक दम लूट लिया।

काके : बुआ दादी, हमें बताओं। कौन बदमाश है ? मैं अपनी स्टिक से उसकी खोपड़ी तोड़ दूँगा।

माँ : बताओ तो बुआ जी, क्या हुआ, कोई चोर घुस आया था?

दादी : हाय क्या बताऊं ! क्या बताऊं। अरे वही था– वही......।

बाबू : कौन?

माँ : कौन?

काके : कौन?

दादी : अरे, वही बदमाश ! वह बक्स खींच रहा था।

माँ : बक्स खींच रहा था?

दादी : अरे मेरी जान खींच रहा था। ऐसी बेसब्री काहे की ? मैं मरूंगी, तो सब तुम्हीं लोगों का तो होगा। सीने पर रख कर नहीं ले जाऊँगी। घर पर हाथी झूलता था। महल में रहती थी। सब चला गया। जो कुछ बचा है, वह इस बक्स में है। उसे भी लूट लेना चाहते हैं, बेसब्रे। ऊपर से अंगूठा दिखाता है।

बाबू : बुआ हमें बताओ। कौन बदमाश था। तुम उसका हुलिया बता सकती हो? मैं अभी पुलिस को खबर देता हूँ।

माँ : **(अविश्वास से)** दिन दहाड़े घर में बदमाश घुस आया ? क्या जमाना आ गया है !

बाबू : भाग किधर से गया बदमाश। **(बुआ दादी से)** कैसा था बदमाश? जरा उसकी हुलिया तो बताओ। जवान था या बुड्ढा?

दादी : अरे क्या बताऊं, न जवान था न बुड्ढा ?

बाबू : तब?

दादी : बच्चा!

माँ : बच्चा!

दादी : अरे डकैतों की उमर से क्या। डकैत तो डकैत। चाहे बच्चा हो।

माँ : **(अविश्वास से)** बच्चा डाका डालेगा ?

बाबू : क्यों, क्या बच्चा डाका नहीं डाल सकता ? बुआ ठीक कहती हैं। डकैत तो डकैत, चाहे बच्चा हो। **(स्वर बदल कर)** काके की माँ खामोश रहो। **(माँ अविश्वास की मुद्रा बनाती है)**

दादी : मैं झूठ बोलती हूँ ? मैं झूठ बोलूंगी ? इस पचासी साल की उम्र में ? हाथी चला गया, कोठी चली गई, करोड़ों चले गये। अब दस-बीस लाख के लिए झूठ बोलूंगी।

बाबू. : नहीं-नहीं!

दादी : मैं तो झूठी हूँ। विश्वास न हो तो डब्बू को बुला कर पूछ लो। मेरी पूजा में आँख बन्द थी, तो बदमाश बक्स खींच रहा था। हाथ पकड़ा तो मुरब्बा निकाल कर भाग गया। जब कुछ नहीं कर सका तो अंगूठा दिखा के भाग गया।

(काके तुरन्त कमरे से बाहर भाग कर जाता है)

माँ : **(आश्चर्य से)** डब्बू!

दादी : हाँ, हाँ, वहीं बदमाश।

माँ : डब्बू ?

दादी : अंगूठा दिखा कर भाग गया। कहे देती हूँ कि अभी से यह हाल है तो आगे चल कर सुलताना डाकू बनेगा। जेल जायेगा.....जेल।

बाबू : डाकू? **(संभल कर)** डब्बू की यह हिम्मत ! बुआ, मैं उसे डाँटूगा। नहीं, नहीं, मारूंगा। बेंत से उसकी खाल उधेड़ दूँगा।

दादी : **(नरम पड़कर)** अरे बेटा, तुम्हारे ही सहारे तो जिन्दा हूँ। जो कुछ है तुम्हारा है, लेकिन यह बदमाश मुझे चैन नहीं लेने देता। **(माँ की ओर इशारा करके)** इसे बुरा लग रहा है, मेरा कहना।

माँ : **(चापलूसी से)** नहीं, नहीं बुआजी। आप ठीक कह रही हैं। बहुत बदमाश है निगोड़ा।

(काके एक हाथ में स्टिक और दूसरे से डब्बू को पकड़े पीछे के द्वार से घुसता है)

काके : बुआ दादी। पकड़ लाया बदमाश को।

दादी : **(क्रोध से चिढ़ाते हुए)** अ ह ह ! अब कोई सूरत तो देखे नाना की, जैसे कुछ जानते ही नहीं। पहले अंगूठा दिखाते थे। उठाईगीरा, उचक्का कहीं का।

माँ : **(क्रोध से)** डब्बू। **(बाँह से झकझोरते हुए)** बहुत शैतान हो गया है तू–।

बाबू : नालायक, दादी के साथ बदतमीजी करता है।

दादी : अब बोलो ! पहले तो अंगूठा दिखाते थे।

काके : बुआदादी, अगर मैं दौड़ कर पकड़ न लेता, तो यह भाग जाता।

माँ : चलो, बुआदादी के पैर छूकर माफी माँगो।

बाबू : हाँ पैर छूकर कहो–दादी हमें माफ कर दो। **(डब्बू तना खड़ा रहता है।)**

दादी : अ ह ह, अंगूठा दिखाता था।

माँ : चलो पैर छुओ।

बाबू : **(बिगड़ कर)** खड़ा क्या है, चल पैर छू।

दादी : माँ का बेटा है। पैर कैसे छुये?

माँ : **(झुंझलाकर)** मेरा दुश्मन है पूरा। अरे पैर छू अभागे।

बाबू : **(कन्धा पकड़कर आगे घसीटते हुए)** चलो पैर छुओ।

काके : **(स्टिक उठाकर)** चलो।

(बाबूजी घसीटकर उसका माथा जबरदस्ती दादी के पैरों पर झुकाते हैं)

बाबू : बोलो, बुआ दादी हमें माफ करो।

डब्बू : बोलो, बुआ दादी हमें माफ करो।

दादी : अब तो भीगी बिल्ली लगता है। पहले अंगूठा दिखाता था।

माँ : अब माफ भी कर दो बुआ।

दादी : यह बोली माँ बनकर। नहीं माफ करती तेरी सिफारिश से। जा, मैंने माफ कर दिया अपने मन से। (हँसती है। **बाबूजी दादी की हँसी में हँसी मिलाते हैं।)**

(तनाव का वातावरण समाप्त होता है)

बाबू : डब्बू, अब जाओ तुम। आइन्दा ऐसा कभी मत करना।

(डब्बू पीछे के द्वार से जाता है, किन्तु जाते-जाते अंगूठा फिर दिखाता है)

दादी : फिर अंगूठा दिखाया। देखा, तुम लोगों ने, उसने फिर अंगूठा दिखाया।

माँ : वह आप को नहीं दिखाया था।

दादी : मुझे नहीं दिखाया, तब किसे दिखाया ?

माँ : काके को।

दादी : नहीं, नहीं, मुझे ही दिखाया।

बाबू : **(समझाते हुए)** नहीं बुआ। भला वह इतनी हिम्मत कर सकता है कि आपको अंगूठा दिखाये। वह अंगूठा तो उसने काके को दिखाया था। सच.....!

काके : मुझे ?

दादी : काके को दिखाया था ?

बाबू : हाँ।

काके : मैं उसे देख लूँगा।

दादी : तब ठीक है। देख बहू, डब्बू पर निगाह रख, तेरे लाड़-प्यार से वह खराब हुआ जा रहा है।

बाबू : **(माँ से)** बोलो, अब लाड़ कम करूँगी।

माँ : अब लाड़ कम करूँगी।

दादी : और थोड़ी सख्ती किया कर।

माँ : सख्ती किया करूँगी।

दादी : ठीक है।

बाबू : बुआ, अब मैं चलूं।

दादी : जाओ।

(बाबू द्वार तक जाकर लौटते हैं)

बाबू : बुआ, मैं बाजार तरकारी लेने जा रहा हूँ। तुम अपनी पसन्द बताओ, तो तुम्हारी पसन्द की भी तरकारी लेता आऊं।

दादी : तरकारी में क्या पसन्द और क्या नापसन्द ? लाना ही है बेटा, तो बटेर लाओ। बहुत दिनों से बटेर नहीं खाई।

बाबू : बटेर ! ! हाँ, हाँ, बटेर लाऊंगा। अच्छा, अब चलूं।

दादी : और देख, मेरा घी का टीन भी खत्म हो रहा है। घी भी लेते आना।

बाबू : अच्छा।

माँ : **(घी के टीन में झांक कर)** अभी तो आधा रखा है ?

दादी : **(उपेक्षा से)** यह छोटे घर की है, तभी ऐसी बात करती है। हमारे महल में...

बाबू : आधा टीन रखा है तो वह भी खत्म हो जाएगा। फिर घी आ जाएगा, तो रखा रहेगा। आगे काम आएगा।

दादी : देखो बेटा, शुद्ध घी ही लाना। एक बार तुम जो घी लाए थे उसका टीन शायद मुए कलजुगी घी के पास रह गया था। उससे उसमें बास आ गई थी और मेरा हाजमा खराब हो गया था।

बाबू : अबकी दफे ऐसा नहीं होगा बुआ।

दादी : और बेटा, खट्टी अमिया और कटहल के अचार भी खत्म हो रहे हैं।

(माँ कुछ तनक कर पीछे के द्वार से चली जाती है।)

बाबू : वह भी ला दूँगा, बुआ।

दादी : बिना अचार के मेरे मुँह में कौर चलता ही नहीं। गले से उतरना मुश्किल हो जाता है। पुरानी आदत जो

ठहरी।

बाबू : जरूर लाऊँगा। अब चलता हूँ।

दादी : जाओ बेटा।

(बाबू जी पीछे के द्वार से चले जाते हैं। काके भी बाहर जाने को आगे बढ़ता है)

दादी : काके बेटा !

काके : क्या बुआदादी ?

दादी : तू सबसे अच्छा है।

काके : बुआदादी, अगर मैं दौड़कर आज डब्बू को नहीं पकड़ लेता, तो वह हाथ नहीं आता। भागकर किसी के घर में छिप जाता।

दादी : तू बहुत अक्लमन्द है बेटा। मुझे तेरा ही सबसे ज्यादा ख्याल है। तेरे माँ बाबू तो सब लालची हैं। इसी से इतनी खुशामद करते हैं। लेकिन मैं तो सिर्फ तुझे प्यार करती हूँ।

काके : बुआदादी, मेरा हवाई जहाज मत भूलना।

दादी : अरे तेरा हवाई जहाज कैसे भूल सकती हूँ। फिर मैं याद करके भी क्या करूँगी। सारा रुपया तुझी को दे दूँगी। तूं खुद ही खरीद लेना।

काके : मैं हवाई जहाज में उड़ना चाहता हूँ। मैं अपना खुद का हवाई जहाज लूँगा। पचास हजार, नहीं एक लाख, नहीं एक लाख से भी बहुत ज्यादा का मिलता है। **(सोचकर)** तुम अपने रुपये बाबू जी को तो नहीं दोगी ?

दादी : चल हट, कैसी बात करता है? भला तुझे छोड़कर तेरे बाबू जी या माँ को दूँगी। दोनों लालची हैं। मैं तो सब तुझी को दूंगी। **(गले में लटकी चाबी का गुच्छा दिखाकर)** यह चाबियां तेरे हाथ में देकर मरूंगी। अच्छा बेटा, जरा चन्दन तो घिस दे। पूजा को देर हो रही है।

(काके चन्दन और सिल को पूजा की मेज पर से उठा

कर एक कोने में बैठकर चन्दन घिसता है।)

(माँ का हाथ में चावल की थाली लिए
बायें कमरे से होते हुए प्रवेश)

माँ : काके ! **(आश्चर्य से काके को देखती है)**

काके : क्या है माँ। मैं बुआ दादी के लिए चन्दन घिस रहा हूँ।

माँ : तुझे तो पढ़ाई करनी थी ?

काके : **(बात काटते हुए)** फिर बात करना।

(माँ का बीच के द्वार से बायें कमरे में प्रस्थान)

(बायाँ कमरा)

(दायें कमरे से निकलकर माँ सीधी बायें कमरे में प्रवेश करती है। उसकी चाल और मुद्राओं में रोष है।)

माँ : **(क्रोध से थाली रखकर)** फिर बात करना। अब पढ़ाई का हर्जा नहीं हो रहा है। मैंने कहा सुशीला बहन के यहाँ चले जाओ, तो बोला; मुझे पढ़ाई करनी है।

(बाबू जी का भीतर से प्रवेश। बाजार से तरकारी लाने के लिए बदन पर कोट और हाथ में झोला है)

बाबू : **(परिहास में)** काके की माँ! क्या अकेले बैठे-बैठे पागलों सा बड़बड़ा रही हो ?

माँ : **(क्रोध से)** पागल तो हो ही गई हूँ।

बाबू : भगवान न करे, तुम्हारे दुश्मन भी पागल हों।

माँ : अरे, अब तक नहीं हुई तो अब जल्दी ही हो जाऊंगी।

बाबू : क्या नाहक बकवास करती हो ?

माँ : बकवास नहीं, ठीक कहती हूँ। इस घर में कौन पागल नहीं हो जाएगा? न जाने कहाँ से उठा लाए बुढ़िया को। सारा घर बौराया जा रहा है।

बाबू : ऐसा न कहो बुआ को।

माँ : क्यों न कहूँ? क्या उसका दिया खाती हूँ? शौकीन बुढ़िया और चटाई का लहंगा। बटेर खाएगी ! इस उमर में बिना अचार के कौर मुँह में से नहीं उतरता।

बाबू : अरे भाई, बड़े घर की हैं। अच्छा वक्त देखा है। यह तो

कहो कि फूफा ने जुए शराब में सब उड़ा दिया जो इस हालत में हैं और अपने घर पड़ी हैं, नहीं तो.....

माँ : घर पड़ी हैं तो घरवालों की तरह से रहें। यह नहीं कि हर समय हुकूमत डाँटे। हम लोग जैसे उनके खरीदे हुये गुलाम हैं।

बाबू : घरवालों की तरह से ही तो रहती हैं बुआ। और क्या करें?

माँ : इसे घरवालों की तरह रहना कहते हैं ? घरवालों की तरह रहतीं तो तुम पर विश्वास करतीं। अपने बक्स की चाबी तुम्हें दे देतीं। अपना सारा रुपया और सोना तुम्हें सहेजती रखने को। यह नहीं कि बक्स में तीन-तीन ताले डालकर उस पर चौबीस घंटे चढ़ी बैठी रहतीं।

बाबू : **(परिहास में)** तुम्हारी नीयत खराब है। तुम्हारी निगाह उनके बक्स पर है।

माँ : **(एकदम चिढ़कर)** तुम्हारी निगाह तो बड़ी साफ है ? मुझे तो इस घर में किसी की निगाह साफ नहीं लगती। सबकी नजर उसी बक्स पर है।

बाबू : मेरी निगाह.....?

माँ : और तो और, वह बेंट भर का काके है, वह भी बुआ दादी का सबसे बड़ा हिमायती बना दीखता है। मैंने कहा कि सुशीला बहन के यहाँ चले जाओ, तो पढ़ाई का बहाना ले बैठा, और अब देखो; जाकर बुआ दादी का चन्दन घिस रहा है।

बाबू : उसे पढ़ना चाहिए। उसका इम्तहान नजदीक है।

माँ : आखिर अपने बाप का बेटा है। बुआ की दौलत पर दाँत तो लगाएगा ही - अपने बाप की तरह।

बाबू : ऐसे नहीं कहते काके की माँ। अगर कहीं वह सुनलें तो...

माँ : सुन ले मेरी बला से। अरे और तो और, कम्बख्त रानी भी कम नहीं है। ब्याह हो गया, मगर जब भी मायके

आयेगी तो माँ-बाप से प्रणाम बन्दगी कुछ नहीं, सीधी घुस जायेगी बुआ दादी के पास।

बाबू : तुम सबकी नीयत को इतना बुरा कह रही हो। तुम अपनी बताओ। तुमने ही तो कहा था, बुआ को लिवा चलो अपने घर? फूफा ने तो सब उड़ा दिया है। उनका अब कौन बचा। हम ही लोग उनके हैं। मरते तक सेवा करेंगे और जो कुछ उन्होंने फूफा से छिपाकर बचाया है, वह पा भी जायेंगे।

माँ : कहा था तो कहा होगा। मगर यह बुढ़िया मरती भी तो नहीं। अमरफल खाकर आई है। जी चाहता है इसे जहर दे दूँ।

बाबू : खबरदार ! यह बात जबान पर न लाना। बुआ को लेकर दोनों भाइयों से कितनी दुश्मनी हो गई है। दोनों अपने यहाँ ले जाना चाहते थे। कितना वावैला हुआ था।

माँ : यह मेरी ही सलाह थी कि तुमने बुआ को फूफा की बीमारी से ही पटा लिया। नहीं तो, कौन जाने वह तुम्हारे किसी भाई के यहाँ ही चल देतीं।

बाबू : तब ही तो कहता हूँ जहर वहर का नाम भी न लो। भाई दुश्मनी माने बैठे हैं। चाहे बुआ अपनी मौत से ही मरें तो भी भाई कहेंगे- जहर दे दिया। बंधे-बंधे घूमेंगे। बस, उनको खुश रखो।

माँ : कैसे खुश रखें ? उनके तो नखरे ही समझ में नहीं आते। कल बोलीं - बहू जरा कलाकन्द मँगाओ।

बाबू : कलाकन्द। मँगा दिया था न ?

माँ : मँगाना पड़ा, मँगाती न तो वह तुम्हारे भाइयों के पास लिख भेजतीं, और उन्हें यहाँ से लिवा ले जाने का एक बहाना मिल जाता......।

बाबू : तुम उन्हें शिकायत का एक भी मौका मत दो। बराबर खुश रखो।

माँ : आखिर कब तक......।

बाबू : अरे कभी तो मरेंगी ही, तब तक।

माँ : मुझे तो उनके मरने के कोई आसार दिखाई नहीं पड़ते। पचासी साल उमर है मगर देखने में पचपन से ऊपर नहीं लगतीं।

रानी : **(रानी का बायें द्वार से बाहर से प्रवेश)** माँ, हम आ गए। **(माँ से चिपटती है)**

बाबू : अरे रानी। आओ आओ।

माँ : अकेली आई हो ?

रानी : नहीं, ये भी आए हैं। बाहर किसी से बातें करते-करते रुक गए हैं।

बाबू : हरीबाबू भी आए हैं। अच्छा मैं चलता हूँ। बेटी, तरकारी ले आऊं। तुम अपनी माँ से बात करो।

(बाबू जी का प्रस्थान—बायें द्वार से)

माँ : बैठो बेटी। कैसी हैं तुम्हारी जिठानी ?

रानी : एकदम ठीक। इस रफ्तार से मुटा रहीं हैं कि घर के दरवाजे छोटे पड़ जाएंगे।

माँ : शैतान, अपनी जिठानी को ऐसे नहीं कहते।

रानी : नहीं माँ, ठीक कहती हूँ। सोचती हूँ कि फिल्म वाले देख लें तो तुरन्त पकड़ ले जायें। टुनटुन के सारे रोल उन्हीं को मिल जाएँगे।

माँ : (हंसकर) बहुत बात करती है। तेरी जिठानी सुने तो तेरी चोटी पकड़ ले।

रानी : (हंसकर उठते हुए) अरे उनसे तो हाथ भी नहीं उठाया जायेगा। उनकी एक-एक बांह दो-दो मन की है। (स्वर बदलते हुए) जरा देखूं, बुआदादी के क्या हाल-चाल हैं।

(रानी का बीच के द्वार से प्रस्थान। दायें कमरे में प्रवेश करके वह बुआंदादी के पास बैंठती है। बुआदादी आँख बन्द करके माला जपती रहती हैं।)

माँ : **(चिढ़कर)** बुआदादी, बुआदादी, जैसे वह लड्डू बाँटती है। इस छोकरी की नीयत अच्छी नहीं लगती। **(हरि बाबू का प्रवेश)** हरी बाबू, आओ बेटा, आओ ! बहुत दिनों बाद आये।

हरि : बहुत दिन बाद कहाँ, तीन ही दिन पहले तो आया था।

माँ : अरे बेटा, दामाद का बार-बार आना अच्छा लगता है, इसलिए तीन दिन भी बहुत लगते हैं। बेटा, यह हाथ में क्या लिये हो?

हरि : **(झेंपकर)** कुछ नहीं। यह ! यह डिब्बा है, डिब्बा। **(बात बदलने की कोशिश में)** और कहिये, आपकी तबियत तो अब ठीक है ?

माँ : ठीक ही है। खराब कब थी बेटा ?

हरि : कुछ खराब तो थी। आप ही तो कह रहीं थीं शायद ?

माँ : न, कभी नहीं, मैंने तो तुम से कभी नहीं कहा।

हरि : नहीं कहा होगा। मैं ही भूल गया। शायद किसी और की तबियत खराब होगी। मुझे ख्याल रहा आपकी। **(उठते हुए)** जरा बुआदादी से मिल आऊँ।

(अन्दर दायें कमरे में जाकर रानी के पास बैठता है।)

माँ : **(चिढ़कर)** सपना देखता है। आपकी तबियत खराब थी। मुझे चराने चला है, कल का लौंडा। बातें बनाता है, जैसे मैं कुछ जानती ही नहीं। बुआदादी को देख आऊँ। जमाई भी कम लालची नहीं लगता। जमाने को क्या कहूँ, जब अपनी ही बेटी दगा करने पर उतारू है। **(आवाज देकर)** डब्बू-डब्बू।

(डब्बू का प्रवेश-पीछे से)

डब्बू : हाँ माँ।

माँ : (उठते हुए) बेटा, जरा सुशीला बहन को तो बुला ला। कहना माँ ने बुलाया है कुछ काम है।

डब्बू : अच्छा। **(प्रस्थान बाहर-बायें द्वार से)**

(माँ का प्रस्थान-पीछे के द्वार से)

(दायाँ कमरा)

(बुआ दादी आँख बन्द किए माला जप रही हैं। चन्दन घिस कर कटोरी में लिए काके, खड़ा प्रतीक्षा कर रहा है। रानी और हरि बाबू भी उसकी आंख खोलने की प्रतीक्षा कर रहे हैं।)

दादी : **(आँख खोलकर)** हरि बाबू, डिब्बे में क्या लाये हो ?

हरि : बंगाली मिठाई है बुआदादी। दांत की जरूरत ही नहीं। मुंह में रखो तो पेट के भीतर।

दादी : देखूं तो! **(हरि बाबू डिब्बा खोल कर दिखाते हैं)** आह हा ! यह तो बहुत बढ़िया रसगुल्ले हैं।

रानी : बुआदादी, यह यहाँ की सब से बढ़िया दुकान के हैं। मैंने तो इनसे कह दिया था—रसगुल्ले बुआदादी के लिए चाहिए। सबसे बढ़िया हों। अगर जरा भी खराब हुए तो मैं लौटा दूंगी।

दादी : बहुत बढ़िया हैं ? ला जरा चखूँ तो।

हरि : **(पास की मेज से चम्मच उठाकर और उससे एक रसगुल्ला उठाकर बुआदादी के मुँह में देते हुए)** अब बताओ बुआ दादी, कैसे हैं ?

दादी : **(जायका लेते हुए)** बहुत बढ़िया। बहुत बढ़िया। लाओ डिब्बा मुझे दे दो। **(डिब्बा लेकर खुद निकाल कर खाती है)** अच्छे हैं। **(काके को देखकर)** बेटा चन्दन घिस लिया ?

काके : हाँ बुआदादी।

दादी : **(जैसे याद करके)** हाय, मेरी याद को पत्थर पड़ें, मैंने तो पूजा की ही नहीं, और रसगुल्ले खा लिये।

हरि : तो क्या हुआ। बाद में पूजा पूरी कर लेना।

रानी : भूलचूक तो माफ होती है।

दादी : भूल-चूक माफ होती है? जब खाया है तो खा ही लूं। **(दो तीन रसगुल्ले और निकाल कर खाती है)** लो काके, तुम भी एक रसगुल्ला लो ! **(काके हाथ बढ़ाता है, तो बढ़ाई हुई चम्मच पीछे खींच कर)** न बेटा न,

छोटे बच्चों को ज्यादा मिठाई नहीं खानी चाहिए। इससे हाजमा खराब हो जाता है। यह तुम्हें नुकसान करेगा। **(कहकर रसगुल्ला खुद अपने मुंह में रखती है।)**

हरि : बुआदादी बिल्कुल ठीक कहती हैं। बच्चों को मिठाई एकदम नहीं खानी चाहिये। **(स्वर बदल कर)** बुआदादी, कुछ और खाओ।

दादी : बस।

रानी : **(चापलूसी से)** तुमने तो कुछ खाया ही नहीं। एक मेरे हाथ से खाओ। **(बुआदादी के मुँह में चम्मच से रसगुल्ला डालती है।)**

दादी : बस बेटा।

हरि : वाह ? यह कैसे हो सकता है बुआदादी ? तुम रानी के हाथ से खा लो, और मेरे हाथ से कुछ न खाओ। तुम को मेरे हाथ से भी खाना पड़ेगा।

दादी : अरे नाराज क्यों होता है ? भला तेरे हाथ से नहीं खाऊंगी। मेरे लिए तू मेरे भतीजे का दामाद नहीं, मेरे सगे बेटे के बराबर है। एक दम सगे बेटे के बराबर। ला खिला मुझ को।

(हरि बाबू चम्मच से रसगुल्ला खिलाता है।)

दादी : शाबाश ! अब बस कर बेटा। रसगुल्ले आलमारी पर रख दे। बाकी रसगुल्ले पूजा खत्म करके खाऊंगी। रानी, जरा पानी तो दे।

(रानी सुराही से पानी निकाल कर देती है। बुआदादी दो एक घूंट पीकर गरारा करती हैं, तो हरि बाबू तुरन्त नीचे से तसला निकाल कर सामने करते हैं, जिसमें बुआदादी कुल्ला करती हैं। कुल्ले की दो-चार बूंदे हरि बाबू के चेहरे पर पड़ती है, जिन्हें वह पोंछता है।)

दादी : बस बेटा, सिर्फ दो-चार माला बाकी रह गई हैं। उनको जल्दी से पूरा करती हूँ। तुम लोग जल्दी में तो नहीं हो ?

रानी : बुआदादी, तुम पूजा खत्म करो। हम लोग बैठे रहेंगे। आज तो इनकी दफ्तर की छुट्टी है।

हरि : हफ्ते में एक दिन की छुट्टी ही मिलती है। उस एक दिन का हफ्ते भर इन्तजार रहता है। सोचता रहता हूँ कि जैसे ही छुट्टी हो, बुआदादी के पास दो-चार घण्टे बैठूँ।

दादी : अरे बेटा, तेरा ही मुँह देखकर तो जिन्दा हूँ। तुम ही लोग तो अपने हो। और सबों का हाल तो तुम जानते ही हो—

रानी : मैं तो इनसे कहती हूँ कि हर रोज दफ्तर से लौटते वक्त बुआदादी से मिलकर आया करो।

दादी : हाँ, हाँ बेटा रोज़ आया करो......

रानी : लेकिन यह शर्माते हैं।

दादी : शर्माते हैं ?

रानी : कहते हैं, रोज-रोज ससुराल कैसे जायें।

दादी : ओह ! यह बात है।

रानी : मैंने तो इनसे कह दिया है कि यह सब पुरानी बातें हो गई हैं। आजकल यह सब नहीं चलता।

दादी : **(दोहराते हुए)** आजकल यह सब नहीं चलता।

रानी : देखा मैंने क्या कहा था! अगर रोज नहीं आओगे तो बुआदादी नाराज हो जाएंगी।

दादी : हां, मैं नाराज हो जाऊँगी। देखो बेटा, तुम भूल जाओ कि तुम मेरे भतीजे के दामाद हो। मैं तो तुम्हें अपना सगा बेटा मानती हूँ।

रानी : **(हरि से)** सुन लो।

हरि : अब रोज आया करूँगा बुआदादी। दफ्तर से सीधा तुम्हारे पास ही आऊँगा। तुम्हें दिन में एक बार बिना देखे मुझे चैन ही नहीं पड़ता।

दादी : बेटा। न जाने मुझे भी तुमसे कैसा मोह हो गया है। तुम दोनों की बहुत याद आती है। **(काके को देखकर, स्वर बदलकर)** काके देख तो, शायद, तेरी अम्मा तुझे

आवाज दे रही है। जा तो।

(काके का पीछे के द्वार से प्रस्थान)

दादी : **(इधर-उधर देखकर, भेद भरे, धीमे स्वर में)** अरे बेटा, मुझे यहाँ रहना अच्छा थोड़े ही लगता है। किसी तरह समय काट रही हूँ। बेटा, मैं तुम्हें कहे जाती हूँ कि इन लालचियों को एक पैसा नहीं दूँगी। जो कुछ है, सब तुम्हीं लोगों को दूँगी। कह मत देना किसी से।

रानी : मैं क्यों कहने लगी। फिर बुआदादी, हम लोग लालची तो हैं नहीं। तुम हमें दो या न दो हम लोग तो वैसे ही तुम्हारे पास आते हैं। इनकी तो जैसे अपनी माँ ही जिंदा हो गई। हर समय कहा करते हैं—बुआदादी को देखकर मुझे अपनी माँ की याद आ जाती है। तुम्हें तो एकदम माँ मानने लगे हैं।

दादी : मेरा बेटा तो है ही। सोलह आने मेरा बेटा है।

(काके का पीछे के द्वार से प्रवेश)

काके : अम्मा तो नहीं बुला रही थी।

दादी : नहीं बुला रही होंगी। मुझे लगा कि जैसे बुला रही थी। **(हरि बाबू से)** अच्छा बेटा, तुम लोग बैठो। मैं दो चार माला फेर कर जल्दी पूजा से निबटती हूँ। **(बुआ दादी आँख बंद करके माला जपने लगती हैं।)**

(बायाँ कमरा)

(सुशीला बहन का डब्बू के साथ बाहर से प्रवेश)

डब्बू : बैठो, अभी अम्मा को बुलाता हूँ। **(डब्बू का प्रस्थान पीछे के द्वार से) (सुशीला बहन बैठ जाती है। थोड़ी देर बाद पीछे से हाथ में चावल की थाली लिए माँ का प्रवेश)**

माँ : सुशीला बहन तुम आ गईं। मैं सुबह से बुलाना-बुलाना कर रही थी।

सुशीला : जैसे ही डब्बू आया, मैं उठकर चली आई।

माँ : **(थाली के चावल बीनते हुए)** डब्बू तो अब गया है।

सुबह मैं काके से बोली -बेटा जरा सुशीला बहन को बुला लाओ-तो बोला मैं पढ़ रहा हूँ। इम्तहान सर पर हैं। मैं नहीं जाऊँगा। अब जानती हो कम्बख्त क्या कर रहा है?

सुशीला : क्या कर रहा है ?

माँ : बुआदादी के लिए चन्दन घिस रहा है। अब पढ़ाई का हर्जा नहीं होता।

सुशीला : यह क्या तुम्हारी सगी बुआदादी हैं?

माँ : न सगी, न सौतेली। कहीं दूर दराज की इनके बाप की बहन लगती हैं।

सुशीला : तब क्यों यह बला अपने सिर लाद ली?

माँ : क्या बताऊँ। इनकी तो आदत है कि दुनिया भर के लोगों को अपने मत्थे मढ़ लेते हैं।

सुशीला : **(थाली लेकर स्वयं चावल बीनते हुए)** सुना है बहन, बड़े अमीर घर की हैं।

माँ : हैं तो अमीर घर की, मगर इनके आदमी ने कुछ न छोड़ा। बहुत बड़ी जमीन-जायदाद थी, बहुत बड़ी कोठी थी, हाथी था, लेकिन इनके आदमी ने सब जुए और शराब में बरबाद कर दिया।

सुशीला : बेचारी।

माँ : इसी से तो तरस खा कर यह बुआ को यहाँ उठा लाये।

सुशीला : इनका और कोई अपना नहीं है ?

माँ : न, कोई नहीं। बड़ी मनहूस है बुढ़िया। सुनते हैं, हरे-भरे घर में ब्याह कर गई थी, मगर सब को खा लिया। अकेले पानी को भी तरसती थी। ले दे के हम ही लोग रिश्तेदार बचे हैं, सो लिवा लाये।

सुशीला : बड़ा परोपकार किया।

माँ : परोपकार तो किया ही। रिश्तेदार होने के नाते कुछ तो अपना फर्ज था ही।

सुशीला : मगर सुनते हैं कि बड़ी रकम है उनके पास।

माँ : **(चौंककर)** क्या ? **(बात बदलने की कोशिश में)** रकम! बुआ के पास!! **(बनावटी हंसी)**

सुशीला : सुना है कि उन्होंने बहुत रुपया अपने आदमी से छिपाकर बचा लिया था, वह अब भी इनके पास है।

माँ : **(सुशीला के हाथ से थाली लेकर)** क्या कहती हो सुशीला बहन। जब फूफा मरे तो कौड़ी-कौड़ी को मोहताज थे। अगर ये बुआ को लिवा न लाते तो भूखी मर जातीं।

सुशीला : पर बहन मैने सुना है कि इनके पास एक बक्स है।

माँ : क्या, क्या सुना है ? तुमने सुना है बक्स है ? **(बड़बड़ांते हुए)** दीवारों के भी कान होते हैं। **(संभलकर)** तुमसे यह सब कौन कहता है?

सुशीला : मैंने सुना है–

माँ : बक्स है तो क्या हुआ? कोई जरूरी है कि बक्स में रुपया ही भरा हो। बक्स में बुआदादी के पुराने कपड़े भरे हैं, जो गुदड़ी में भी नहीं बिक सकते।

सुशीला : देखो डब्बू की माँ ! मैंने तुम्हें सदा अपनी सगी बहन माना है। माना है न?

माँ : मैंने भी तो सुशीला बहन तुम्हें सगी बहन माना है।

सुशीला : फिर मुझसे क्यों भेद करती हो ? मुझसे क्यों छिपाती हो ?

माँ : क्या छिपाती हूँ ? सच तो कह रही हूँ। बक्स में चिथड़े भरे हैं।

सुशीला : देखो बहन, तुम सच बताओ। मैंने सुना है कि उसमें अशर्फियां भरी हैं।

माँ : सुशीला बहन !!

सुशीला : बताओ न डब्बू की माँ। सच बात क्या है ? अरे मैं दुनिया भर में गाती थोड़ी ही फिरूंगी। तुम्हारे सर की कसम मैं पेट की बड़ी गहरी हूं।

माँ : तुमसे किसने कहा ?

सुशीला : किसी ने कहा हो। तुम मुझे बताओ। क्या मैं कोई गैर हूँ ? मुझ पर तुम्हें क्या भरोसा नहीं है ?

माँ : भरोसा तो है।

सुशीला : भरोसा है, तो बताओ। मजाल है जो मेरे मुँह से एक बात भी निकल जाये। जान चली जाये डब्बू की माँ, मगर एक बात भी मुँह से नहीं बोलूँगी। बताओ न !

माँ : क्या बताऊँ बहन। तुम जानती तो हो ही।

सुशीला : तो यह सच है कि बुआ के बक्स में रुपये-अशर्फियां हैं।

माँ : रुपये अशर्फी तो नहीं, सुना है सोने की ईटें हैं।

सुशीला : सोने की ईटें !!

माँ : किसी से कहना मत।

सुशीला : हाय! हाय! मुझे क्या पड़ी है किसी से कहने की।

माँ : फूफा तो अय्याश थे। जो मिला उड़ा दिया। मगर बुआ ने उनकी निगाह से बचाकर सोने की ईटें छिपाकर रख लीं। फूफा माँगते रह गये, मगर निकाल कर नहीं दी।

सुशीला : अच्छा किया। नहीं तो वह उन्हें फूंक ताप कर बराबर कर देते।

माँ : फूफा मरे तो बुआ अकेली रह गईं। कोई औलाद तो है नहीं। इनके भाइयों को तो जानती ही हो—बड़े नदीदे और लालची हैं। उनकी निगाह बुआ की दौलत पर लगी है।

सुशीला : वह लोग तो बुआ को अपने साथ ले जाना चाहते होंगे?

माँ : हाँ। बुआ के पीछे पड़े थे कि मेरे यहाँ चलो। मगर बुआ इनके साथ चली आई। बुआ ने इनकी निगाह साफ देखी, तो इनसे बोलीं—मैं तुम्हारे लालची भाइयों के घर नहीं जाऊँगी। तुम्हारे यहाँ चलूँगी। बस, तब से हमारे यहाँ हैं।

सुशीला : तुमने सोने की ईटें देखीं ?

माँ : अरे कहाँ बहन ? इतने मोटे-मोटे ताले डाल रखे हैं

बुढ़िया ने! चाबी हर समय कलेजे से चिपकाये रहती है, जैसे उसकी जान हो।

सुशीला : अच्छा !

माँ : और तो और हर समय बक्स पर चढ़ी बैठी रहती है। चारपाई के नीचे बक्स रखा है। और चारपाई की बान इतनी ढीली करवा ली हैं कि एकदम बक्स पर बैठ जाती हैं।

सुशीला : बड़ी अक्लमंद हैं बुआ।

माँ : बड़ी चालाक है बुढ़िया। क्या मजाल है कि कोई बच्चा भी बक्स छू ले। आसमान सर पर उठा लेती है। एक दम मुसीबत है।

सुशीला : मुसीबत! कैसे?

माँ : इनको घर क्या ले आये, एकदम सफेद हाथी को पालना हो गया है। बड़े नखरे हैं।

सुशीला : नखरे?

माँ : वनस्पति नहीं खाऊँगी, मेरा कौर नहीं उतरेगा। हरामजादी। चटोरी है, एकदम चटोरी। वैसे तो दिन-रात पूजा-पाठ करती है—मगर बिना गोश्त मछली के पेट नहीं भरता।

सुशीला : गोश्त-मछली खाती हैं ?

माँ : सब कुछ खाती है। मुई का बस चले तो हम सब को साबुत निगल जाये। आज इनसे बोली, बहुत दिन से बटेर नहीं खाई है।

सुशीला : **(हंसकर)** बटेर।

माँ : हाँ बटेर। अचार की बेहद शौकीन है। चारपाई के किनारे एक मेज पर सारे अचार और देसी घी भरा रखा है। क्या मजाल है कि कोई उसमें से एक कतरा भी पा जाये।

सुशीला : कुछ दिया है तुम्हें अब तक।

माँ : दिया है अंगूठा। बक्स पर चढ़ी बैठी रहती है, और हम

लोगों का खाकर हमीं पर धौंस देती है—यह नहीं मिला, वह नहीं आया।

सुशीला : तुम लोग तो उनकी बड़ी सेवा करते होगे। आखिर वह सब सोने की ईंटें तुम्हीं को तो मिलेंगी।

माँ : सेवा तो करते हैं। मगर सुशीला बहन, यह न सोचना कि हम लोग सोने की ईंटों के लालच में सेवा करते हैं।

सुशीला : नहीं-नहीं, हम यह नहीं सोचते।

माँ : हम लोग अपना कर्त्तव्य करते हैं। लालची तो इनके भाई लोग हैं, जो बुआ को अपने घर ले जाना चाहते हैं।

सुशीला : बुआ उनके यहाँ नहीं गई, तब तो उन्हें बड़ा दुःख हुआ होगा।

माँ : बहन, दुःख ही नहीं, हम लोगों से दुश्मनी माने बैठे हैं। मगर हम लोगों में जरा भी लालच नहीं है। अरे हाँ, यह रानी है न।

सुशीला : तुम्हारी बिटिया ?

माँ : हाँ हमारी बिटिया। इसकी निगाह में लालच लगता है। हर समय बुआदादी....बुआदादी करती रहती है।

सुशीला : डब्बू की माँ ! क्या कहती हो ?

माँ : मुझे भी तो इसी का ताज्जुब है। बेटी हो कर माँ के आड़े आती है। अरे कहो, जो कुछ मेरा है, क्या उसका नहीं होगा।

सुशीला : क्यों नहीं!

माँ : फिर मैंने उसकी शादी में इतना खर्च किया। इसमें बहन उसका कसूर कम है। असलियत में वह बहकावे में है, बहकावे में।

सुशीला : किसके बहकावे में ?

माँ : उसी हरि बाबू- के।

सुशीला : हरि बाबू ! तुम्हारा दामाद?

माँ : हाँ हमारा दामाद। हमारी ही जड़ खोदने पर उतारू है।

एकदम लालची है। उसी ने हमारी रानी को मंतर पढ़ाया है। खुद भी हर समय बुआ से खुसर-पुसुर किया करता है।

सुशीला : अच्छा !!

माँ : आज शायद बुआ के लिये मिठाई लाया था। मैंने फौरन ताड़ लिया, पूछ बैठी-बेटा, यह क्या है? तो बोला-डिब्बा, जैसे मुझे डिब्बा दिखाई नहीं पड़ता था। और भी बहकी-बहकी बातें करने लगा-तुम्हारी कैसी तबियत है'। मुझे चराने चला है कल का लौंडा !

सुशीला : तुम्हारा दामाद तो खतरनाक लगता है। उस पर निगाह रखना।

माँ : एक दामाद ही क्या, इस बुढ़िया ने तो सब पर मंतर मार रखा है। जो देखो सब उसका खरीदा हुआ गुलाम लगता है। और तो और, हाथ भर का काके है, वह भी बुआदादी के पीछे लगा रहता है।

सुशीला : काके?

माँ : काके के बाप को क्या कम समझती हो तुम ? वह भी तो बुआदादी की खुशामद में लगे रहते हैं।

सुशीला : दौलत का यही असर होता है।

माँ : अगर बुआ कह दें कि एक टांग से खड़े रहो तो काके के पापा एक टांग पर ही जिन्दगी काट दें। सिर्फ मैं ही हूँ इस घर में, जो बुढ़िया की जरा भी फिकर नहीं करती।

सुशीला : **(प्रशंसा से)** अच्छा।

माँ : मैं तो बुढ़िया को टके सेर भी नहीं पूछती। वह मुझ से पानी भी नहीं माँग सकती। अगर कुछ कहे तो मैं तो साफ कहती हूं कि क्या तुम्हारी नौकर हूँ।

सुशीला : इस तरह कह देती हो ?

माँ : क्यों न कहूं। मुझे दौलत का लालच नहीं। न हो तो कभी देख लेना। देखना कैसा टका सा जवाब देती हूँ

बुढ़िया को।

सुशीला : (सूंघते हुए) कुछ जल रहा है।

माँ : (सूंघते हुए) हाँ, शायद दाल जल रही है। मैं दाल चूल्हे पर चढ़ा कर आई थी, वही जल रही होगी। अभी आई। **(उठकर पीछे के द्वार की ओर बढ़ती है, किन्तु द्वार पर रुक कर घूम कर कहती है)** दो मिनट में आई सुशीला बहन, जरा दाल उतार आऊँ। तुम जाना मत। आम मिर्ची के अचार डालने हैं। इसी से तुम्हें बुलाया है। **(सुशीला स्वीकार में सिर हिलाती है, और माँ का प्रस्थान—पीछे के द्वार से)**

(दायाँ कमरा)

(बुआ दादी हाथ जोड़कर, माला जपना बन्द करती है। फिर आँखें खोलकर चारों ओर देखती हैं)

रानी : लाओ बुआ, तुम्हारे जरा चन्दन लगा दूं **(बढ़कर चन्दन लगाती है)**

हरि : बुआ, तुम चन्दन में बड़ी सुन्दर लगती हो।

काके : चन्दन मैंने घिसा है।

दादी : हां भाई, चन्दन तो काके ने घिसा है। **(स्वर बदलते हुए)** रानी आज तो सारे बदन में सुबह से कुछ दर्द हो रहा है।

रानी : लाओ बुआ मैं दबा दूं।

दादी : **(गाव तकिए पैर पर पसारते हुए)** बेटी तू पैर दबा दे।

हरि : मैं गला दबा दूं। मेरा मतलब है.....

दादी : तुम जरा सर दबा दो।

(रानी पैर दबाती है, और हरि बाबू सर दबाते हैं)

काके : बुआ दादी मैं सिर दबाऊंगा।

दादी : काके बेटा तू हाथ दबा दे। **(काके एक हाथ दबाता है)**

(बायाँ कमरा)

(बाबूजी का तरकारियों से भरा झोला लिए प्रवेश-बायें द्वार से,

उन्हें देखकर सुशीला खड़ी हो जाती है। बाबू जी कुछ संकोच और आसक्ति से सुशीला को देखते हैं)

बाबू : बैठो सुशीला बैठो। (प्रस्थान दाएं कमरे में)

(दायाँ कमरा)

(बाबूजी का बीच के द्वार से प्रवेश)

बाबू : बुआ, तुम्हारे लिए बटेर लाया हूं। क्या कुछ.....?

दादी : बड़ा अच्छा किया। बेटा, आज बदन में दर्द है। जरा एक हाथ तू भी दबा दे।

(बाबूजी बुआ दादी का दूसरा हाथ दबाते हैं।)

(बायाँ कमरा)

(माँ का भीतर से प्रवेश)

माँ : दाल एकदम जल ही जाती। यह तो कहो मैं ठीक समय पर पहुँच गई।

(पल्लू से आँख पोंछती है।)

सुशीला : आँख में क्या हुआ ?

माँ : धुआँ लग गया। लकड़ियाँ एकदम गीली हैं। बड़ा धुआँ देती हैं।

सुशीला : लकड़ियाँ तो हमारे यहाँ भी गीली आई हैं। लकड़ियों ही को क्या कहें, जमाने में कोई भी चीज ठीक नहीं मिलती। दूध में पानी, गेहूँ में कंकड़, आटे में बालू।

माँ : आदमी का ईमान तो खत्म हो गया है।

(इसी समय दायें कमरे में बुआदादी काके से कहती है– 'अरे काके, जरा अपनी माँ को तो बुला ला'। काके बीच के द्वार से माँ के कमरे में जाता है।)

काके : माँ, तुमको बुआ दादी बुला रही हैं।

माँ : (उठते हुए) अभी आई बहन। जरा सुन आऊँ इस बुढ़िया की। न जाने कब मरेगी।

(माँ और काके का प्रस्थान-मध्य द्वार से तथा दायें कमरे में प्रवेश। सुशीला बहन उठ कर धीरे से मध्य द्वार की दरार से दायें कमरे में देखती है।)

(दायाँ कमरा)

दादी : आओ बहू। बस तुम्हारी ही कमी थी।

माँ : क्या हुआ ?

बाबू : बुआ के बदन में दर्द है।

माँ : हाय! मुझे पहले क्यों नहीं बताया बुआ। लाओ मैं पैर दबाती हूँ। **(सुशीला धीरे से दरवाजा खोलकर दायें कमरे में आती है)** बुआ तुम अपना ध्यान रखा करो। भगवान न करे तुम्हें कभी जुकाम भी हो। **(सुशीला का प्रवेश)** बुजुर्गों का साया बहुत बड़ी चीज है। बुजुर्गों के आशीर्वाद से ही घर फलता-फूलता है। सच बुआ, सास बिना यह घर बड़ा सूना-सूना सा था। जब से तुम आई हो बुआ, बात ही कुछ और हो गई। घर में रौनक आ गई। **(अचानक सुशीला को देख के अटपटा कर)** सुशीला बहन !

सुशीला : बहन तुम पैर दबा रही हो ?

माँ : **(सम्भलकर)** हाँ हाँ ! सास के पैर दबाने में क्या बुराई है। बुआ तो मेरी सगी सास हैं। जब से बुआ आई हैं, घर में रौनक आ गई है।

(बिस्तर पर बुआदादी पसरी हैं। हरि बाबू सर दबा रहे हैं। बाबू जी एक हाथ, और काके दूसरा हाथ दबा रहे हैं। माँ एक पैर दबा रही है। सब एक लय में शरीर दबाने को झुकते और उठते हैं। सुशीला कुछ देर यह दृश्य देखती है फिर क्रोध में बाएं कमरे में आती है। दृश्य जड़ हो जाता है।)

(बायाँ कमरा)

सुशीला बहन दाएँ कमरे से आती है और बाहर जाते-जाते थाली में से कुछ चावल निकालती है और अपने आंचल में बांधती है।

अंक-1

द्वितीय दृश्य
(दायाँ कमरा)

(बुआ दादी चारपाई पर बेहोश पड़ी हैं, किन्तु बेहोशी में भी अपने गले में पड़ी चाबी के गुच्छे को अपने दाहिने हाथ की मुट्ठी में जकड़े हैं। उनकी चारपाई के पायताने में आराम-कुर्सी पर रानी बैठी है तथा सिरहाने आराम कुर्सी पर माँ बैठी है। दोनों की मुद्रा चिन्तित है। इतने में रानी को नींद का झोंका आता है और कुर्सी से गिरते-गिरते बचती है।)

माँ : जाकर अन्दर सो जाओ।

रानी : **(संभल कर, आँख पोंछती हुई)** नहीं माँ !

माँ : नहीं माँ क्या ? नीद के झोंके से कुर्सी से गिरी जा रही है। जा अन्दर जाकर सो जा।

रानी : नहीं, मुझे नींद नहीं आ रही।

माँ : रात भर की जागी है। नींद नहीं आ रही होगी।

रानी : तुम भी तो रात भर जगी हो।

माँ : मैं जागी हूँ तो क्या हुआ ? मै तो जग ही सकती हूँ। बुढ़ापे में नींद भी कहां आती है। तेरी जागने की आदत नहीं है। जाकर अन्दर सो जा...जा न ? **(व्यंग्य से)** तुम्हारी बुआ दादी को कहीं उठा नहीं ले जाऊंगी।

(रानी जम्हाई लेती हुई अनिच्छा से उठती है और बीच की दीवार का द्वार खोल कर बायें कमरे में जाती हैं)

(बायाँ कमरा)

(रानी का प्रवेश। वह अंगड़ाई लेती हुई तख्त पर आ कर लेटती है। इतने में अटैची लिये हरि बाबू का प्रवेश। वह हल्के कदमों से आ कर रानी की आँख दोनों हाथों से बन्द करते हैं।)

रानी : **(आश्चर्य से)** अरे तुम ? यह अटैची कैसी है ?

हरि : कैसी क्या ? मेरी है।

रानी : यही तो मैं पूछ रही हूं। अपना सामान लेकर क्यों आये ?

हरि : मैंने फैसला किया है कि अब मैं यहीं रहूंगा।

रानी : कब तक ?

हरि : जब तक रहना पड़े, यानी **(स्वर दबा कर)** जब तक अपना काम न बने। **(स्वर बदलकर)** बुआदादी को होश आया?

रानी : न-अब भी वैसी ही हैं।

हरि : यहीं तो मात खा गये। बुआदादी को दस मिनट को भी होश आ जाये तो चाबी मेरे हाथ में ही देकर मरेंगी। इसका मुझे विश्वास है। मगर वह तो दो दिन से बेहोश हैं।

रानी : किस्मत को कोई क्या कहे!

हरि : हमें हिम्मत नहीं हारनी चाहिये। तकदीर भी तदबीर वालों को ही मिलती है।

रानी : कहां तक तदबीर करूं। मैं तो तंग आ गई हूं जागते-जागते। दो रातें गुजर गईं इसी उम्मीद में—

हरि : मैंने इसीलिये दफ्तर से छुट्टी ले ली है, ताकि अकेले तुमको ही परेशान न होना पड़े। अब मैं भी तुम्हारे साथ रात को जागा करूंगा।

रानी : तुमने कितने दिन की छुट्टी ली है ?

हरि : पन्द्रह दिन की। मैंने सोचा कि जहां इतने दिनों कोशिश की है, वहां आखिरी मौके पर कोशिश से क्यों चूक

जाऊं।

रानी : (झुंझलाहट से) बाज आये ऐसे पैसे से। मैं तो बहुत ही तंग आ गई हूँ। अम्मा तो जब देखो तानों और झिड़कियों से बात करती हैं। मुझे ऐसे देखती हैं जैसे खा ही जायेंगी। मेरा यहां एक मिनट को भी रहने का जी नहीं चाहता।

हरि : क्या तुम्हारी माँ ने तुम्हारे यहाँ रहने पर कुछ कहा ?

रानी : साफ तो नहीं कहा, पर घुमा फिरा कर कई बार जता चुकी हैं कि उन्हें मेरा यहाँ पर रहना पसन्द नहीं। कल शाम को ही कह रहीं थीं कि शादी के बाद तो लड़की का घर ससुराल होता है।

हरि : (आशंका से) तुमने कुछ जवाब तो नहीं दिया ?

रानी : तुम क्या समझते हो ? झगड़ा कर लिया होगा ?

हरि : झगड़ा तो नहीं किया ? झगड़ा मत करना, इस मौके पर।

रानी : तुम तो मुझको बिल्कुल बुद्धू समझते हो।

हरि : बिल्कुल तो नहीं.....।

रानी : मै भी कम नहीं हूँ। मैंने माँ से कहा कि और लड़कियों का घर शादी के बाद ससुराल हो जाता होगा, पर तुम्हारा मोह कुछ ऐसा है कि मेरा घर अब भी यही है।

हरि : ठीक किया। ऐसी ही मीठी-मीठी बातें करके उन्हें खुश रखना। जब तक हमारे हाथ में चाबी नहीं आ जाती, तब तक हमारा मतलब हर हालत में इस मकान में टिके रहना है।

रानी : और अम्मा हर हालत में हम लोगों को, इस मकान से एक दो तीन करने की कोशिश में है।

हरि : उनको कोशिश करने दो। (स्वर बदलकर) जरा ठहरो। (बीच वाले दरवाजे को ठीक से बन्द करता है, फिर आता है) तुम्हारी माँ कुछ भी कहें, लाख ताने दें, डाँटें या और कोई कोशिश करें, तब भी तुम सब कुछ सह

लेना। डिगना नहीं। थोड़ी बहुत तो तकलीफ बर्दाश्त करनी ही पड़ेगी अगर इतनी बड़ी दौलत को पाना है।

रानी : मैं तो इस फिराक में हूँ कि मौका लगे तो बुआ के गले से चाबियां खोल लूं।

हरि : अरे बुआ के गले से चाबी खोल लोगी तो सबको पता नहीं चल जायेगा।

रानी : मैंने कहा न तुम मुझे बिल्कुल ही बेवकूफ समझते हो।

हरि : बिल्कुल तो नहीं.....।

रानी : मैं भी कुछ कम नहीं हूं। यह देखो- **(ब्लाउज में से तीन चाबियां निकालती है)** यह चाबियां मैंने इस लिए छिपाई हैं कि बुआदादी की चाबी खोलकर उनकी जगह इन्हें बाँध दूँ ताकि किसी को शक न हो।

हरि : शाबाश।

रानी : यह चाबियां भी वैसी ही काली जंग लगी हुई हैं। कोई देखकर आसानी से फर्क नहीं बता सकता।

हरि : भई वाह! मान गये—

रानी : मैंने सोचा कि अगर किसी तरह चाबी बदल लें तो अम्मा इन चाबियों से बक्स नहीं खोल पायेंगी। और अगर बुआदादी बिना होश में आये मर भी गईं तो हम लोग सबसे कह सकेंगे कि वह अपने होश में हम लोगों को असली चाबी दे गईं थीं। फिर तो सारी दौलत पर हमारा हक रहेगा।

हरि : जवाब नहीं। बड़े मियां तो बड़े मियां, छोटे मियां सुभान-अल्लाह।

रानी : हम लोग इस गर्मी में स्विट्जरलैण्ड जाएँगे।

हरि : हम लोग अपना हवाई जहाज खरीद कर के उसी में चलेंगे। **(स्वर बदलकर)** अरे हाँ, एक और तरकीब है। यह देखो, **(जेब से कागज निकाल कर)** वकील से मैंने बुआदादी की वसीयत लिखा ली है। इस पर किसी तरह से उनका अंगूठा लगवा लो—

रानी : यह तरकीब तो अच्छी है लेकिन.....

हरि : लेकिन क्या -

रानी : माँ जो हर समय हम पर जासूसी किया करती हैं। एक मिनट को भी अकेला नहीं छोड़तीं। मैं चाबी निकालना चाहती थी, लेकिन मौका ही नहीं मिला। दो रातें इसी कोशिश में बर्बाद हो गईं।

हरि : माँ को क्या तुम कम समझती हो- आखिर को तो तुम्हारी माँ हैं। वह भी अपने चक्कर में हैं। मगर हम लोग हारेंगे नहीं। तुम बस अंगूठा लगवा लो—

(रानी कागज लेकर अपनी धोती में छुपा लेती है।)

(दायाँ कमरा)

(माँ बुआदादी के हाथ से चाबी निकालने की कोशिश करती है। तभी उन्हें ख्याल आता है कि दरवाजा खुला है। पीछे का दरवाजा बन्द करती हैं। बीच के दरवाजे को बन्द करके कुंडी लगाती है। फिर बुआदादी की चाबी निकालने की कोशिश करती हैं।)

(बायाँ कमरा)

हरि : (चौंक कर) - यह दरवाजा किसने बन्द किया ?

रानी : माँ ने बन्द किया है।

हरि : क्या वह बुआदादी के कमरे में हैं ?

रानी : हाँ।

हरि : फिर जरूर कोई बात है। वह चाबी खोज रही होंगी। मैंने तुमसे कितनी बार कहा कि उन्हें अकेला मत छोड़ा करो। अगर चाबी निकाल ली तो हम लोग हाथ मलते रह जायेंगे।

रानी : मैं क्या करूँ ? मुझे नींद आने लगी। इसीलिये चली आई।

हरि : अच्छा, अच्छा, बातें बाद में करना। **(कहता हुआ बीच के दरवाजे पर जाता है—और जोर जोर से खटखटाता है)** माँ ! माँ!

(माँ हड़बड़ा कर बीच का द्वार खोलकर बायें कमरे में

प्रवेश करती हैं।)

हरि : माँ, मुझसे रानी ने बताया कि तुम दो रोज से जाग रही हो?

माँ : **(अटैची की ओर देखती हुई)** यह तुम्हारी अटैची है ?

हरि : हाँ, मेरी अटैची है। माँ, तुम इतना जागोगी तो तुम्हारी तबियत खराब हो जायेगी।

माँ : तो तुम भी अब यहाँ रहोगे ?

हरि : हाँ। जब तक हम बच्चे लोग हैं, तब तक तुम्हें तकलीफ करने की कतई जरूरत नहीं। रानी अगर तुम्हारी बेटी है तो मैं भी तो तुम्हारा बेटा हूँ। बेटे-बेटियों का फर्ज होता है कि माँ को किसी तरह की तकलीफ न होने दें।

माँ : आज तुम दफ्तर नहीं गये ?

हरि : मैंने जब रानी से सुना कि तुम दो रात से जाग रही हो तो मुझे बहुत तकलीफ हुई। आज रात को मैं तुम्हें नहीं जागने दूंगा। तुम्हें अपनी सेहत का ध्यान रखना चाहिये।

माँ : तुमने दफ्तर से छुट्टी ले ली ?

हरि : हाँ। अब तुम्हारे बदले मैं जागूंगा।

माँ : **(व्यंग्य से)** बड़े सआदतमंद दामाद हो।

हरि : **(झेंप मिटाने को हंसते हुए)** यह तो मेरा फर्ज है।

माँ : **(व्यंग्य से)** सास की तकलीफ का ख्याल करके ससुराल आ बसे।

हरि : **(बात टालने को)** रानी, देखो न। माँ कितनी थकी लग रही हैं। चेहरा तो एकदम पीला पड़ गया है। आखिर दो रात से जाग रही हैं। माँ, तुम आराम करो। चलो रानी, हम तुम बुआदादी के पास बैठ जायेंगे।

(हरि बाबू और रानी का दायें कमरे में प्रस्थान। माँ ठगी सी खड़ी रह जाती है)

माँ : **(तख्त पर बैठते हुए स्वतः)** अरे ये लच्छन। ये

चरित्तर। हाय, भगवान ! तू जो दिन न दिखाए सो थोड़ा है। कलजुग का चौथा चरण है।

(बाबू जी का पीछे से प्रवेश)

बाबू : तुम्हारी तो अकेले बैठ कर बड़बड़ाने की आदत है।

माँ : साफ कह दो कि मैं पागल हो गई हूँ। अरे, मैं तो ताज्जुब में हूँ कि अब तक पागल क्यों नहीं हो गई ?

बाबू : क्या हुआ ?

माँ : ये अपने पेट की बेटी ही चरित्तर दिखा रही है मुझे। और ये कल का लौंडा हरि बाबू, अपने अलग करतब दिखा रहा है। मुझे तो शक है कि दोनों कुछ चाल सोच कर आए हैं।

बाबू : यह अटैची किसकी है ?

माँ : अरे वही तो कह रही हूँ। हरि बाबू अपना घर छोड़कर ससुराल में बसने आए हैं। जानते हो क्यों ?

बाबू : क्यों ?

माँ : **(व्यंग्य से)** सास की सेवा के लिये।

बाबू : सास की सेवा के लिए ?

माँ : हाँ, हाँ, सास की सेवा के लिये। कहता है–**(हरि बाबू की नकल करते हुए)**- तुमको बुआदादी की तिमारदारी में रात भर जागना पड़ता है। अब तुम्हारे बदले मैं जागूंगा।

बाबू : ठीक तो है।

माँ : खाक ठीक है। अरे उसकी तो नस मैं पहचानती हूं। अगर हम लोगों की निगाह जरा बचे, तो वह दीवार में सेंघ लगा कर बक्स गायब कर दे।

बाबू : हरि बाबू कब आये ?

माँ : अभी ही आया है। दफ्तर से छुट्टी ले ली है। पन्द्रह दिन की।

बाबू : कहाँ है वह इस वक्त ?

माँ : वहीं, बुआदादी के पास बैठा है।

बाबू : **(सोचकर)** तुम ठीक कहती थी। मुझे इन दोनों की नीयत में वाकई फर्क नजर आता है।

माँ : तुम्हें अब समझ में आया। पहले जब मैं कहती थी; तो तुम मुझे पागल समझते थे।

बाबू : **(सोचते हुए)** ठहरो डब्बू की माँ। मुझे सोचने दो। यह तो वाकई में एक मुसीबत है।

माँ : तुम्हारे भाइयों से किसी तरह से लड़-झगड़ कर बुआ को यहां लाये। मगर अब तो यह बिटिया-दामाद ही दुश्मन बन गए।

बाबू : जहां गुड़ होता है, वहाँ चींटे आते ही हैं। फिर दौलत का लालच कम नहीं होता। बाप बेटे एक दूसरे की गर्दन काटने पर उतारू हो जाते हैं। यह तो दामाद है।

माँ : सो तो ठीक है, मगर अब क्या करें ?

बाबू : तुम घबराओ मत। मैं सब ठीक किये देता हूँ।

माँ : बड़ा ठीक करने चले। कोशिश कर देखो। वह मामूली चिड़िया नहीं, जो फँस जाये जाल में।

बाबू : **(बीच के द्वार के पास बनावटी, प्यार भरी आवाज देते हुए)** हरि बाबू! हरि बाबू!

(दायाँ कमरा)

हरि : जी आया।

(बायें कमरे में जाता है।)

(बायाँ कमरा)

बाबू : हरि बाबू! मैंने सुना तुमने दफ्तर से छुट्टी ले ली है ?

हरि : हाँ, बाबू जी।

बाबू : **(समझाते हुए)** देखो बेटा, नौकरी-चाकरी के मामले को इतनी आसानी से नहीं लेना चाहिए। मुझे देखो, मैंने पिछले पच्चीस साल से बिल्कुल छुट्टी नहीं ली। सी. एल. तक नहीं। फिर छुट्टी तो जमा रखनी चाहिये। भगवान न जाने, कब कितनी छुट्टी की जरूरत पड़े।

हरि : बाबू जी जरूरत थी तभी तो छुट्टी ली। बुआदादी की

तबियत इतनी खराब है कि–

बाबू : बुआ की तीमारदारी के लिए हम लोग तो हैं ही। तुमने नाहक छुट्टी ली। न बेटा न, तुम छुट्टी कैन्सिल करा कर दफ्तर जाओ।

हरि : यहां माँ को बेहद तकलीफ होगी। उन्हें रात भी जागना पड़ता है। मैंने सोचा हाथ बटा दूँ।

माँ : मेरी तबियत की तुम फिकर मत करो बेटा। तुम अपनी नौकरी देखो। मैं जाग लूंगी।

हरि : फिर भी तुम्हारा रात भर जागना कहां तक ठीक है ?इससे तुम्हारी तबियत खराब हो जायेगी।

(रानी का बीच के द्वार से प्रवेश)

माँ : खराब होवेगी तो दो दिन बिस्तर पर पड़ रहूंगी, पर भैया तुम कारोबारी आदमी हो। अपना काम देखो।

हरि : **(उत्तर विहीन सा)** वह तो बात यह है कि...बात यह है कि...

बाबू : **(काटते हुए)** हां हां, तुम आज ही अपने दफ्तर की छुट्टी कैन्सिल कराओ।

रानी : अरे तुम साफ-साफ क्यों नहीं कहते कि बुआदादी से तुम्हें मोह है।

बाबू : मोह ?

रानी : हाँ बाबू जी। आप तो जानते ही हैं कि इनकी बचपन से माँ नहीं है। बुआदादी की सूरत कुछ इनकी माँ से इतनी मिलती है कि उन्हीं को अपनी माँ मानने लग गये हैं। जब से बुआदादी बीमार हैं, इनका घर में किसी काम में मन नहीं लगता है।

हरि : **(रूंधे गले से)** बुआदादी में तो मुझे अपनी माँ मिल गई। बस इसीलिये मैं छुट्टी लेकर उनकी सेवा करने चला आया। इससे मेरी आत्मा को बड़ी शान्ति मिलती है। बस सिर्फ इसलिए...**(रूमाल से आंसू पोंछने का अभिनय करता है)**

रानी : माँ का प्यार ऐसा ही होता है बाबूजी। फिर जिसकी माँ बचपन में ही चली गई हो, वह तो जहां भी ममता पाता है, गिर पड़ता है।

हरि : अब तो मैंने छुट्टी ले ही ली है। छुट्टी कैन्सिल कराने से कोई फायदा नहीं। बुआ दादी की हालत ऐसी है कि आपको छुट्टी लेनी पड़ती। अब आप छुट्टी मत लीजियेगा।

रानी : हाँ बाबूजी, आप छुट्टी मत लीजियेगा। यह सब संभाल लेंगे।

हरि : हम लोगों के रहते आप को तकलीफ हो, तो यह हम लोगों के लिए शर्म की बात है। आओ रानी, बुआदादी के पास कोई नहीं है।

(हरि बाबू और रानी का बीच के द्वार से दायें कमरे में प्रवेश। माँ और बाबू जी ठगे से एक दूसरे को देखते हैं)

माँ : देख लिया। **(व्यंग्य से बाबू जी के स्वर की नकल करते हुए)** मैं सब ठीक कर दूँगा।

बाबू : यह तो वाकई बड़ा होशियार है।

माँ : लगता है, छल-कपट तो इसे घुट्टी में पिलाया गया है। मैं तो चली। निबटो तुम अपने इस जमाई से। **(प्रस्थान-पीछे से)**

बाबू : **(असहाय-सा)** ठहरो डब्बू की माँ ! **(प्रस्थान-माँ के पीछे-पीछे)**

(दायाँ कमरा)

(हरि बाबू दोनों दरवाजों से बाहर झांकते हैं और इशारे से रानी से कहते हैं कि कोई नहीं है। दोनों दरवाजे बन्द करते हैं। रानी दादी के हाथ से चाबी निकालना चाहती है)

रानी : **(फुसफुसाते हुए)** बाबा ! दादी तो इस तरह मुट्ठी में जकड़े हैं कि छुड़ाना मुश्किल है।

हरि : अरे चाबी का चक्कर छोड़ो। कागज पर अंगूठा लगवा लो।

रानी : अंगूठा काहे से लगवा लूं ? स्याही तो है ही नहीं।

हरि : (सोचते हुए) स्याही ? उफ जल्दी में फाउन्टेन पेन तो घर ही भूल आया।

रानी : अब क्या होगा ?

हरि : ठहरो...मुझे खयाल आया। मैंने काके की मेज़ पर एक फाउन्टेनपेन रखा देखा है। अभी लाया।

(हरि बाबू चोर की तरह से बीच की दीवार का दरवाजा खोल करके बायें कमरे में जाते हैं।)

(बायाँ कमरा)

(हरि बाबू मेज पर से फाउन्टेनपेन चोरों की तरह उठाता है—वैसे ही काके का पीछे से प्रवेश)

काके : जीजा जी !

हरि : **(चौंककर)** अं.....

काके : जीजा जी आप इतना घबरा क्यों रहे हैं ?

हरि : **(संभलकर)** कहां ? घबरा कहां रहा हूँ ? काके, तुम्हारा इम्तहान एकदम नजदीक आ गया है। बाबू जी कह रहे थे कि तुम पढ़ते कम हो। तुमको पढ़ाई में ध्यान लगाना चाहिये। नहीं तो फेल हो जाओगे। चलो पढ़ने बैठो। इधर-उधर खेल कर समय बर्बाद मत करो।

(बीच की दीवार के द्वार से दायें कमरे में हरि बाबू का प्रवेश। जाते जाते वह बीच का द्वार भेड़ता जाता है। हरि बाबू के जाने के बाद काके मेज से किताब उठाता है, किन्तु कुछ ख्याल आ जाने पर बीच के दरवाजे पर जाकर उसकी दरार से झांकने की कोशिश करता है।)

(दायाँ कमरा)

हरि : **(रानी से)** यह लो फाउन्टेनपेन। देखो जल्दी करो। मैं देखता हूँ कि कोई आए नहीं।

(रानी बुआदादी के बायें अंगूठे में स्याही लगाती है। हरि बाबू पीछे के दरवाजे की तरफ जाते हैं। तभी बीच का दरवाजा काके खोलता है। रानी के हाथ से कागज और फाउन्टेनपेन गिर जाता है।)

हरि : (घबराकर) क्या ! ओह ! काके तुम पढ़ नहीं रहे हो

(रानी जल्दी-जल्दी कागज और कलम उठाकर अपने आंचल में छिपाती है)

काके : पढ़ तो रहा हूं। (अपने हाथ की किताब दिखाता है)

हरि : इस तरह चल-चल कर पढ़ा जाता है ? अपनी मेज पर बैठ के पढ़ो।

काके : मैं इस कमरे में पढूंगा।

हरि : इस कमरे में क्यों पढ़ोगे ? यह कोई पढ़ने की जगह है।

काके : मैं यहीं पढूंगा।

हरि : यहां बुआ दादी बीमार हैं। कहीं और जाकर पढ़ो।

काके : नहीं, मैं यहीं पढूंगा। मैं बुआ दादी के पास पढूंगा।

हरि : (झुंझलाकर) यहीं पढ़ो। मेरे बाप, यहीं पढ़ो। मेरे लाल, मेरे सर पर चढ़ कर पढ़ो।

(हरि बाबू क्रोध और मजबूरी से रानी की ओर देखते हैं। रानी... 'मैं क्या कर सकती हूँ' जैसे भाव से कन्धे उचकाती है। हरि बाबू क्रोध से एक ओर बैठ जाते हैं। रानी चिन्तित सी दूसरी कुर्सी पर बैठ जाती है। किताब लिये हुए काके चटाई पर बुआ दादी की चारपाई के पास जमीन पर बैठ जाता है।)

(बायाँ कमरा)

(माँ पीछे के द्वार से प्रवेश करके बीच के द्वार पर जाती है।)

माँ : (पुकारते हुए) हरि बाबू, जरा सुनना तो।

(हरि बाबू का बायें कमरे में प्रवेश)

हरि : क्या है माँ?

माँ : बेटा, अभी चौके में गई, तो पता लगा कि आटा एकदम खत्म हो गया है।

हरि : खिचड़ी बना लो।

माँ : चावल भी तो खत्म हो गया है। गेहूं रखा हुआ है। कोई पिसाने वाला ही नहीं है। कोई होता तो अभी पिसा मंगाती। अब तुमसे काहे की लाज-शर्म। बेटा,

तुम्हीं जरा गेहूं पिसा लाओ।

हरि : **(विस्मित स्वर में)** मैं गेहूं पिसा लाऊं?

माँ : हाँ। क्या हुआ? अपने घर का काम करने में कैसी लाज-शर्म। अब तो यह घर तुम्हारा ही है। अपने घर का काम करने में हिचक नहीं होनी चाहिये।

हरि : मैं गेहूं पिसाऊं! क्या और कोई नहीं है घर पर...?

माँ : **(काटते हुए)** काके का इम्तहान है। और इनको दफ्तर जाने की देर हो रही है। बेटा नौकर तो आजकल कोई है ही नहीं। बस एक तुम्हीं हो। जाओ बेटा, जरा जल्दी से पिसा लाओ; वरना आज खाना क्या बनेगा।

(हरि बाबू खड़े सोचते हैं।)

माँ : अरे बेटा, सोचते क्या हो? अब तो तुम इस घर के ही हो। और मैं भी तुम्हें घर का समझ कर ही कह रही हूं। बुरा मत मानना। अपने घर का काम करने में बुरा मानने की कौन सी बात है? आओ बेटा, गेहूं चौके से उठा लाओ। जल्दी करो-आओ।

हरि : **(अनिच्छा से)** आता हूं। तुम चलो।

माँ : अच्छा बेटा। **(माँ का भीतर प्रस्थान)**

हरि : **(क्रोध में)** रानी!

रानी : **(दायें कमरे में प्रवेश)** अरे! अरे! क्या हुआ? इतना शोर क्यों मचा रहे हो?

हरि : मैं अब इस घर में एक मिनट भी नहीं रहूंगा।

रानी : **(इत्मीनान से)** अहा, क्या हुआ?

हरि : सुना तुमने? तुम्हारी माँ कहती है कि आटा पिसा लाओ।

रानी : आटा पिसा लाओ?

हरि : हां—आटा पिसा लाओ—जैसे मैं इस घर का दामाद नहीं, नौकर हूं। मैं इसी वक्त अपने घर जाता हूँ। अब मैं यहां एक मिनट भी नहीं रह सकता।

रानी : अरे, यह क्या कह रहे हो? आखिरी वक्त पर तुम्हारे

चले जाने से बना बनाया खेल बिगड़ जायेगा।

हरि : भाड़ में जाये बना-बनाया खेल। मेरी भी कोई इज्जत है। मैं आटा पिसाने जाऊंगा?

रानी : एक दिन चले भी जाओगे, तो क्या हो जायेगा?

हरि : **(ताज्जुब से)** तुम भी अपनी माँ जैसी बातें करने लग गईं। आज आटा पिसाया है, कल जूते पर पॉलिश कराएंगी।

रानी : तो पॉलिश भी कर देना।

हरि : पॉलिश कर देना! जूते पर पॉलिश?

रानी : हाँ, हाँ, काम करने से आदमी छोटा नहीं हो जाता।

हरि : **(मुट्ठी भींचते हुए क्रोध से)** उफ्फ?

रानी : यह मौके की बात है। अक्लमन्दी इसी में है कि इस वक्त जो काम करने को कहा जाये वह तुम कर लो।

हरि : यह अक्लमन्दी है। जूते की पॉलिश करने में क्या अक्लमन्दी है?

रानी : तुम बिल्कुल नहीं समझे। असलियत में तो यह तरकीब है तरकीब।

हरि : किस बात की तरकीब?

रानी : यही कि तुम इन कामों से घबरा कर घर छोड़कर चले जाओ। और अगर वाकई तुम घबरा गये तो माँ की तरकीब काम कर जायेगी। हम लोग हार जाएंगे।

हरि : **(असहाय सा)** तब क्या करना चाहिये?

रानी : यही कि इस वक्त माँ जो कुछ भी कहें उसे चुपचाप बिना किसी हीले-हवाले के करते जाओ।

हरि : मगर...

रानी : मगर-वगर कुछ नहीं। इस तरह से माँ की हर तरकीब हम बेकार कर देंगे। मुझी को देखो, माँ मुझे कितने ताने देती हैं। बात-बात पर झिड़कती हैं। मगर एक मैं हूं कि मेरे कान पर जूं तक नहीं रेंगती।

हरि : अगर कोई सुनेगा तो क्या कहेगा?

रानी : ससुराल में बसने का यही नतीजा होता है। भूल गये, तुम्हीं तो मुझसे कह रहे थे कि चाहे कुछ हो जाये, हम लोग इस घर को छोड़ कर नहीं जायेंगे। हर मुसीबत झेल कर भी नहीं हटेंगे।

हरि : **(रुँआसा सा)** आज आटा पिसवाया है, कल जूते पर पॉलिश करवाएंगी- परसों कपड़े धुलवाएंगी। तरसों महरी को छुड़ा कर बर्तन मंजवाएंगी। उन्हें तो मुफ्त का गुलाम मिल गया है।

रानी : दौलत भी तो तुम्हें ही मिलेगी।

हरि : **(अतीव विश्वास से)** खैर, दौलत तो मेरी ही है। कहीं जा नहीं सकती। बुआदादी को बस पांच मिनट को होश आ जाये तो वह बक्स मुझी को सौंप देंगी। अगर होश न भी आये तो तुम दस्तावेज पर अंगूठा लगवा लो। बस कचहरी बिठा दूंगा यहाँ लाकर। फिर तो दौलत कहीं नहीं गई–

(माँ का पीछे के द्वार से प्रवेश)

माँ : अरे बेटा, खड़े-खड़े बातें क्या कर रहे हो? जल्दी से गेहूं पिसा लाओ। टीन अन्दर रखा है।

रानी : हाँ हाँ जाओ न।

हरि : **(मजबूरी से)** जाता हूं।

(माँ और हरि बाबू का पीछे के द्वार से प्रस्थान। रानी खड़ी रहती है, तभी माँ का पुनः प्रवेश)

माँ : अरे रानी, तुमसे तो कहना ही भूल गई। चल बेटा, आज खाना तू बना ले।

रानी : न, मुझसे खाना नहीं बनेगा।

माँ : क्यों?

रानी : देखती नहीं हो, रात से मैं जागी हूं। फिर मैं बुआदादी के पास बैठूंगी। उनकी हालत बहुत खराब है।

माँ : **(बिगड़ कर)** बुआदादी-बुआदादी! बुआदादी की सगी तू ही तो है। मैं सब समझती हूं, यह बुआदादी के लिये

प्यार क्यों उमड़ रहा है। मैं सब जानती हूँ।

रानी : तुम नाहक नाराज हो रही हो?

माँ : मैं अंधी नहीं हूं। मैं सब कुछ देख रही हूं। यह मत समझना कि तुम हम लोगों को चरा लोगी। तुम हमारी बेटी हो। तुम्हारे लिये हम लोगों ने क्या कुछ नहीं किया, और तुम ही हमारे आड़े आती हो।

रानी : क्या कहती हो माँ? हम तुम्हारे आड़े क्यों आएंगे।

माँ : तुम्हारे पढ़ाने लिखाने में हजारों रुपये खर्च कर दिये। तुम्हारी शादी में हजारों के कर्जदार हो गये। और उसका यह फल दे रही हो! जो दुश्मन भी नहीं देगा।

रानी : माँ...!

माँ : रहने दे। मुझे माँ मत कह। भगवान सब कुछ देखता है। सबका इन्साफ उसी के यहां होता है। ज़िसका जो है; वह उसी को मिलेगा। हाँ, मैं बताये देती हूँ, तू अच्छा नहीं कर रही है।

(इतने में हरि बाबू कंधे पर गेहूं का टीन लादे भीतर से प्रवेश करते हैं।)

माँ : **(स्वर बदलकर)** ओह हरि बाबू! शाबाश बेटा, जल्दी से आटा पिसा लाओ। चार कदम पर ही तो चक्की है।

रानी : जल्दी लौटियेगा। रास्ते में कोई दोस्त मिल जाये तो उससे बात मत करते रह जाइयेगा।

(बिना कुछ बोले, रानी और माँ को आग्नेय नेत्रों से देखते हुए हरि बाबू का प्रस्थान)

माँ : बेशर्मी की हद होती है। अगर इतने पर भी किसी की समझ में न आए, तो मैं क्या करूँ?

रानी : क्या कह रही हो तुम?

माँ : वही जो तुम समझती हो और जिससे जानबूझ कर आंखें बन्द करती हो। हरि बाबू गेहूं का टीन लादे अच्छे लगते हैं?

रानी : बुरे क्या लगते हैं? अपना काम समझ कर काम

करते हैं।

माँ : तब ठीक है। दामाद इसी काबिल है। ससुराल में बसे हैं तो यही होगा। ससुराल में खातिर-तवाजो बस एक दो दिन की होती है। मगर वह तो बसने चले आये हैं।

रानी : **(तीखे स्वर में)** वह तुम्हारे यहां बसने नहीं आये हैं।

माँ : मेहमानदारी एक या दो दिन की अच्छी है। सुना नहीं तूने–

'ससुराल सुख की सार
रहे जो दिन दो चार।
रहे जो दिन दस बीस
खुरपी फावड़े की तजवीज।'

अब खुरपी फावड़े की ही नौबत बाकी रह गई है।

रानी : मुझे क्या कहती हो? तुम्हारे जो जी में आए सो करो। **(दायें कमरे में प्रस्थान)**

माँ : **(क्रोध से)** आंखों का पानी मर गया है। अपनी इज्जत और हया का खयाल ही नहीं। बेशर्म डटे हुए हैं। घर से खिसकने का नाम ही नहीं लेते।

(बाबू जी का पीछे के द्वार से प्रवेश)

बाबू : **(हँसते हुए)** तुम फिर अकेली बैठी बडबड़ा रही हो। तुम एक दिन जरूर पागल हो जाओगी।

माँ : पागल तो हो गई हूं। तुम्हारे बिटिया दामाद एकदम पागल बनाये हुए हैं।

बाबू : क्या हुआ?

माँ : पूछो क्या नहीं हुआ? तुम्हारी तरकीब तो चली नहीं। तब फिर मैंने अपनी तरकीब निकाली। हरि बाबू से कहा गेहूं पिसा लाओ।

बाबू : दामाद से गेहूं पिसाने को कहा?

माँ : पिसवाने को कहा ही नहीं, पिसवाने भेज भी दिया है। वह इसी लायक है। बेशर्म कहीं का! कन्धे पर लादकर ले गया है।

बाबू : अरे, अरे, कुछ तो खयाल किया होता दामाद का।

माँ : ख्याल तो अब करूंगी। काके के बाबू, तुम देखते जाओ। मैं क्या-क्या नहीं करती हूं। बच्चू को नाकों चने चबवा दूंगी। मेरे आड़े आने चला है!

बाबू : रानी को मालूम है कि हरि बाबू को तुमने आटा पिसाने भेजा है?

माँ : हाँ-हाँ क्यों नहीं? उसी के सामने तो भेजा हैं।

बाबू : उसने कुछ नहीं कहा?

माँ : वह क्या कहेगी? उसके तो दिल में चोर है। बोले कैसे? तुम फिकर मत करो—दो ही दिन में यह हरि बाबू पानी माँगने लगेगा, बिस्तर लपेट कर ऐसा भागेगा कि फिर दुबारा आने का नाम नहीं लेगा।

बाबू : **(कुर्सी पर बैठते हुए)** क्या बताया जाये! दौलत इतनी बुरी चीज है कि सगी बेटी और दामाद भी दुश्मन हो गये। **(बातचीत के दौरान अनजाने में काके की मेज से एक कापी उठा के मन ही मन पढ़ने लगता है, फिर पढ़कर चौंकते हुए)** काके की माँ! यह देखा तुमने?

माँ : क्या है?

बाबू : गजब हो गया। तुम ठीक कहती हो। **(हकलाते हुए)** क्या कहती हो? कलयुग का कौन-सा चरण है?

माँ : चौथा!

बाबू : हां वाकई, कलयुग का चौथा चरण है। यह काके है न, काके...

माँ : हां, हां, काके! क्या किया काके ने?

बाबू : यह काके ने लिखा है। हे भगवान, गजब हो गया। इस छोटी सी उमर में यह खयालात। मैं तो हैरत में हूं।

माँ : क्या लिखा है?

बाबू : **(पढ़ते हुए)** होशियार!! होशियार!!!
काके उस्ताद होशियार। इस घर में सब मेरे दुश्मन हैं।

माँ और जीजा जी दुश्मन नं. एक। बाबू जी और जीजी दुश्मन नं. दो। माँ और बाबू जी, जीजी और जीजाजी सब बुआ दादी का पैसा चाहते हैं। **(अपने आप से)** इसको कैसे पता लगा। **(फिर पढ़ते हुए)** बुआदादी इनमें से किसी को पैसा नहीं देना चाहती। बुआ दादी सिर्फ मुझको प्यार करती है, क्योंकि मैं लालची नहीं हूँ, क्योंकि मैं बुआदादी का बहुत कहना मानता हूं, क्योंकि मैं बुआदादी का चन्दन घिसता हूं, क्योंकि मैं बुआदादी के लिए पूजा के फूल लाता हूं, क्योंकि मैं उनकी तेल मालिश करता हूँ। **(क्रोध से)** चमचा कहीं का **(पढ़ते हुए)**। बुआदादी ने कहा था कि बाबूजी, जीजाजी व जीजी को एक पैसा भी नहीं देंगी। बुआदादी अब मरने वाली हैं। सारा पैसा मुझे मिलना चाहिये। माँ, बाबूजी, जीजाजी और जीजी सब खुद उस पैसे को लेना चाहते हैं। इसलिए ये चारों मेरे दुश्मन हैं। मुझे इन चारों से होशियार रहना चाहिये। ये लोग पैसा न ले जायें, इसकी रखवाली करनी है। मुझे होशियार रहना है। होशियार! होशियार!! होशियार!!!

माँ : **(विस्मित)** यह काके ने लिखा है?

बाबू : हाँ, काके ने लिखा है।

माँ : इस कल के छोकरे को जुम्मे जुम्मे आठ दिन हुए हैं, जांघिया पहनते, आज हम सब उसके दुश्मन हो गये। **(उपेक्षा से)** होशियार-होशियार-होशियार! **(रूँआंसी)** काके के बाबू, आजकल माँ बच्चों को दूध नहीं, जहर पिलाती हैं। वे पैदा होते ही उसके दुश्मन हो जाते हैं। **(पुकारते हुए)**-काके,-काके, इधर आ। कहां गया, कहां है तू? अरे अभागे, करम जले इधर आ!

(काके का बायें कमरे में प्रवेश)

माँ : इधर आ कम्बख्त **(हाथ से पकड़कर घसीटती हुई)** बता, हम तेरे दुश्मन हैं। बोल तुझे किसने सिखाया है?

बोल! अब चुप क्यों है? हम तेरे दुश्मन हैं? हम लालची हैं? **(पीठ पर घूंसे मारती हुई)** होशियार होशियार, ले...

बाबू : **(माँ को अलग करते हुए)** काके की माँ, बस करो!

माँ : क्या बस करूँ? सब मेरी जान लेकर ही रहेंगे। तब इन्हें सबर होगा।

(गुस्से में एक ओर बैठ जाती है)

बाबू : काके तुम्हारा इम्तहान नजदीक है। तुम्हें अपनी पढ़ाई पर ध्यान देना चाहिए। **(हरि बाबू का डाक्टर के साथ बाहर के बायें द्वार से प्रवेश)**

हरि : बाबूजी, यह हैं डाक्टर सूरमा!

बाबू : नमस्ते **(काके से)**- जाओ बेटा, पढ़ाई पर ध्यान लगाओ।

(काके अपनी डायरी उठाकर अन्दर चला जाता है।)

माँ : तुम आटा पिसाने ले गये थे?

हरि : वह मजदूर लाता होगा। उसे पैसे आप दे दीजियेगा।

माँ : हमारे यहाँ डॉक्टर की क्या जरूरत है। वैद्य का इलाज तो हो ही रहा है।

डॉक्टर : तो फिर मुझे...

हरि : बुआदादी की तबीयत बहुत खराब है। वह वैद्य के मान की नहीं। आइये डॉक्टर साहब आप आइये-**(डॉक्टर के साथ हरि बाबू का बीच के द्वार से दायें कमरे में प्रवेश)**

(दायाँ कमरा)

(हरि बाबू डॉक्टर के साथ दायें कमरे में जाता है। उसके पीछे रानी और उसके पीछे बाबूजी उस कमरे में जाते हैं। सबसे पीछे माँ जाती हैं,

और बीच के दरवाजे के पास, सबकी तरफ तिरछा घूंघट खींचकर वहां का कार्य-व्यापार देखती हैं।)

डॉक्टर : **(बिना बुआ को देखे)** आप लोगों में से कौन-कौन मरीज है?

बाबू : आपको हम सब बीमार दिखाई पड़ते हैं?

डॉक्टर : **(बाबूजी के निकट जाकर, गौर से देखते हुए)** मुंह खोलिए। **(बाबूजी सिधाई में सकपका कर मुँह खोल देते हैं)** जबान दिखाइए?

माँ : **(झिड़कते हुए)** तुमने क्यों मुँह खोल दिया? **(डॉक्टर से)** डॉक्टर साहब, मरीज चारपाई पर लेटा है। मरीज ये नहीं हैं।

डॉक्टर : **(निराशा से)** यह नहीं हैं?

हरि बाबू : **(बदले स्वर में)** डॉक्टर साहब, यह नहीं, बीमार तो बुआदादी हैं। इनको देखिए।

डॉक्टर : सिर्फ एक अदद।

माँ : तो क्या थोक में मरीज देखने आए हो?

डॉक्टर : थोक तो सस्ता पड़ता है। इसीलिए मैं मंडी जाता हूं। सब कुछ थोक में ही लेता हूं।

माँ : तो मंडी चले जाते। वहां मरीज भी थोक में मिल़ जाते।

डॉक्टर : क्या बताऊं-ये मिस्टर... **(हरी बाबू का नाम सोचता है।)**

हरि : **(अपना नाम बताते हुए)**-हरि बाबू।

डॉक्टर : हरि बाबू यहाँ बुला लाए।

माँ : तो अब चले जाओ।

रानी : **(बात संभालते हुए)** इधर आइए डॉक्टर साहब! बुआदादी को देखिए।

डॉक्टर : हाँ हाँ! **(बुआदादी के पास जाकर हाथ की नब्ज देखकर)** क्या देखूं? कोयला ठंडा पड़ता जा रहा है।

रानी : कोयला!

डॉक्टर : राख ही राख है।

बाबू : **(अचानक तैश में आकर)** खबरदार! हमारी बुआ को राख कहता है।

डॉक्टर : तुम्हारी बुआ को किस़ने राख कहा?

बाबू : तो किसको कहा?

डॉक्टर : अंगीठी को।

बाबू : **(विमूढ़-सा)** अंगीठी! कौन से अंगीठी?

डॉक्टर : जिन्दगी की अंगीठी। जिन्दगी का तन्दूर।

माँ : काके के बाबू, तुम्हारी समझ में इसकी कोई बात आई?

डॉक्टर : जलती अंगीठी का कोयला देखा है। लाल लाल अंगार सा। फिर कोयला जलते-जलते राख बनने लगता है। फिर राख और राख। और अंगीठी ठंडी पड़ने लगती है। **(किसी के कुछ समझ में नहीं आता है।)**

बाबू : तो?

डॉक्टर : तो इनकी अंगीठी ठंडी पड़ गई है। जिन्दगी के कोयले राख हो रहे हैं।

माँ : तो तुम किसलिए आए हो? राख झाड़कर कोयले को हवा दो।

डॉक्टर : कैसे हवा दूं?

माँ : फीस नहीं लोगे? जैसे फीस लोगे।

हरि : डॉक्टर साहब, आप तो इंजेक्शन लगाएंगे।

डॉक्टर : दूध में उबाल आ चुका?

माँ : मेरी तो समझ में नहीं आती इसकी बात।

डॉक्टर : जैसे दूध में उबाल आता है, वैसे ही इस मरीज को भी जोश आता होगा?

हरि : हाँ डॉक्टर साहब। अस्सी साल की उम्र में भी नौजवानों सा जोश था। हर चीज का शौक। खाने पीने का शौक। रसगुल्ले बहुत पसन्द थे। गोश्त भी खूब पसन्द करती थीं। बड़े चाव से खाती थीं।

बाबू : **(अबोधता में)** और कच्ची अमिया भी।

डॉक्टर : **(निष्कर्ष निकालते हुए)** बस! दूध तो फट गया।

हरि : जी?

डॉक्टर : दूध फट गया।

हरि : मैं समझा नहीं।

डॉक्टर : **(बाबू जी से)** बीमारी के पहले पेट में खुदुर बुदुर होती होगी?

बाबू : खुदुर बुदुर!

डॉक्टर : जैसे हल्की आँच में दूध गर्माता है। फिर पेट से छौंके की आवाज सी आती होगी, जैसे कोई दाल में हींग और जीरे का तड़का लगाए। फिर उबाल की आवाज आती होगी?

बाबू : **(हाँ में हाँ मिलाने के)** शायद!

डॉक्टर : उबालते दूध में एक नींबू निचोड़ दो तो क्या होगा?

बाबू : दूध फट जायेगा।

डॉक्टर : बस! दूध फट गया। तुमने कच्ची अमिया की खटाई मरीज की जिन्दगी में डाल दी, और वह दूध सा फट गया। ये मरीज, मरीज नहीं, फटा दूध है। और इसके जिम्मेदार तुम हो।

बाबू : **(डॉक्टर के पास से हटकर, माँ के पास जाकर उसके पीछे, उसकी सुरक्षा में खड़े होते हुए)** मैंने कुछ नहीं किया।... सच मैंने कुछ नहीं किया।

डॉक्टर : तुम्हीं जिम्मेदार हो।

हरि : **(बीच-बचाव करता सा)** तो अब क्या किया जाए?

डॉक्टर : दूध तो फट गया। अब चाहे छेने का रसगुल्ला बनाओ, सन्देस बनाओ, सीताभोग बनाओ, या श्रीखंड। दूध तो फट गया।

माँ : ये डॉक्टर है या हलवाई।

हरि : डॉक्टर साहब! कुछ इंजेक्शन वगैरह लगाइए। **(इशारे से समझाते हुए)** आप लाए तों हैं।

डॉक्टर : मिठाई काहे से बनती है? दूध से, चीनी से, अन्न से, आटे से, चावल से। और यह शरीर भी काहे से बनता है? सबसे पहले इस शरीर को माँ का दूध मिलता है। फिर चीनी, अन्न, आटा, चावल। शरीर और मिठाई में क्या अन्तर? डॉक्टर और हलवाई में क्या अन्तर है?

हरि : तो हलवाई साहब... मेरा मतलब है डॉक्टर साहब, जल्दी से इनके इन्जेक्शन लगाइए। (भेद भरे स्वर

में-कान में) क्या समझाया था।

डॉक्टर : हाँ हाँ। लगाता हूँ। इंजेक्शन।

(बाबूजी माँ को इशारा करते हैं, और दोनों बाएं कमरे में जाते हैं। रानी और हरि बाबू इंजेक्शन लगाने में मदद करते हैं।)

(बायाँ कमरा)

(जिस समय दायें कमरे में डॉक्टर बुआ दादी का परीक्षण कर रहे हैं, उसी समय माँ और बाबूजी बायें कमरे में बातें करते हैं)

बाबू : यह डॉक्टर क्यों लाया है?

माँ : मैंने आटा पिसाने भेजा तो उसे मजदूर को दे आया, और मुझसे कहता है कि उसे पैसे दे देना। इसकी चालाकी से कोई पार नहीं पा सकता।

बाबू : **(सोचते हुए)** यह डॉक्टर क्यों लाया? जरूर इसमें कोई चाल है।

माँ : चाल तो होगी ही। इस फरेबी के हर काम में कोई चाल होगी। यह कोई बहरूपिया है। किसी हलवाई को डॉक्टर बना के लाया है।

बाबू : समझ गया। समझ गया। जानती हो यह डॉक्टर क्यों लाया है?

माँ : क्यों?

बाबू : यह सबूत इकट्ठा कर रहा है।

माँ : किस बात का सबूत?

बाबू : यह मेरी खोपड़ी है जो इसकी चाल समझ गया। मामूली आदमी को तो यह चरका पिला दे।

माँ : किस बात का सबूत? क्या चाल है?

बाबू : अरे, यह मुकद्दमे का सबूत इकट्ठा कर रहा है। यह डॉक्टर इसीलिये लाया है ताकि कचहरी में कह सके कि बुआ का इलाज इसने कराया था।

माँ : यह बात है!!

बाबू : और इसी के आधार पर यह बुआ की दौलत पर हक जतायेगा।

माँ : अब क्या किया जाए?

बाबू : घबराओ नहीं। मैं भी सेर का सवा सेर हूं। मैंने यह बाल धूप में सफेद नहीं किये हैं।

माँ : तुम क्या करोगे?

बाबू : मैं हरी बाबू को डॉक्टर की फीस नहीं देने दूंगा। मैं खुद फीस दूंगा। इस तरह से इलाज मेरी तरफ से हो जायेगा और हरी बाबू का सबूत खत्म हो जायेगा।

माँ : बात तो ठीक कही। कितनी फीस देनी होगी?

बाबू : मेरे पास रुपये हैं। वह तरकारी से बचाए थे...

माँ : ऐं...?

बाबू : **(टालते हुए)** आओ देखें, वह लोग क्या कहते हैं।

(बाबूजी और माँ का बीच के द्वार से दायें कमरे में प्रवेश)

(दायाँ कमरा)

डॉक्टर : **(हरि बाबू से)** आप घबराइये बिल्कुल मत। मैंने नुस्खा लिख दिया है। दवाई मेरे यहां से मंगवा लीजियेगा। अब मैं चलूं।

हरि : यह लीजिये डॉक्टर साहब। आपकी फीस के तीस रुपये।

बाबू : **(तुरन्त जेब से बटुआ निकालकर)** नहीं-नहीं डॉक्टर साहब, मैं आपकी फीस दे रहा हूं।

हरि : मैं ही दिये दे रहा हूं बाबू जी।

बाबू : वाह, तुम किस तरह दे सकते हो? मुझसे लीजिये डॉक्टर साहब।

हरि : मैं क्यों नहीं दे सकता। मैं डॉक्टर साहब को बुलाकर लाया हूँ। लीजिये डॉक्टर साहब। आपके तीस रुपये।

बाबू : **(तनिक तेज स्वर में)** मैं कहता हूँ अपने रुपये रख लो। मेरे रहते हुए तुम रुपये नहीं दे सकते।

हरि : मैं दे दूंगा तो कोई हरज तो नहीं हो जायेगा। लीजिये डॉक्टर साहब-रुपये लीजिये, लीजिये न-

(डॉक्टर रुपये लेने के लिए हाथ बढ़ाता है।)

बाबू : **(बिगड़कर)** डॉक्टर साहब, वह रुपये मत लीजिये। मैं आपको पैंतीस रुपये दूंगा।

हरि : वाह! क्या मैं पैंतीस रुपये नहीं दे सकता?

बाबू : मैं चालीस रुपये दे सकता हूँ।

हरि : मैं भी इकतालीस रुपये दूंगा।

बाबू : मैं बियालिस रुपये दूंगा।

हरि : मैं भी दे सकता हूँ।

बाबू : मैं पचास दे सकता हूँ। साठ दे सकता हूं। सत्तर दे सकता हूं। सौ दे सकता हूं।

हरि : तो आप ही दे दीजिये।

डॉक्टर : अरे-आप लोग खामोश रहिये। क्या कह रहे हैं? मेरे यहाँ हर चीज़ का एक रेट है। फिक्स दाम, बढ़िया माल लेकिन नकद। मुझे पचास-सौ रुपये नहीं चाहिये। मेरी फीस के तीस रुपये हैं, और मैं तीस रुपये ही लूंगा। **(हरि बाबू की तरफ इशारा करके)** चूंकि ये मुझे बुला करके लाये थे, इसलिये मैं इनसे रुपये लेता हूं। **(हरि बाबू से रुपये लेकर, बाबू जी से)** अगली बार आप बुलाइये तो आपसे भी रुपये ले लूंगा। **(जाते-जाते लौटकर, बाबूजी से)** बुलाएंगे न। **(हरि बाबू डॉक्टर के पीछे-पीछे बायें कमरे से होकर बाहर पहुंचाने जाते हैं। इतने में माँ की निगाह बुआदादी के अंगूठे पर पड़ती है।)**

माँ : **(बुआदादी का अंगूठा हाथ से उठाकर देखती है।)** बुआ के हाथ में स्याही किसने लगाई?

बाबू : **(चौंककर)** क्या? अंगूठे में स्याही लगाई? किसी ने बुआ के अंगूठे का निशान लिया होगा।

माँ : क्या? कौन अंगूठे का निशान ले सकता है? **(कड़े स्वर में)**-रानी ठीक ठीक बोल। तूने बुआ के अंगूठे का निशान लिया है?

रानी : नहीं तो माँ।

बाबू : तूने नहीं लिया तो हरि बाबू ने लिया होगा।

रानी : नहीं बाबूजी, उन्होंने भी नहीं लिया।

माँ : (बिगड़कर)-हरि बाबू ने भी नहीं लिया, तब किसने लिया?

रानी : मैं क्या जानूं? तुम्हारी कसम माँ। हम लोग उनका निशान लेकर क्या करेंगे?

माँ : झूठी कसम खाने के लिए एक माँ ही बची है। मार डालो उसको। तुम लोग तो दूध के धोये हो न। तुम लोगों ने निशान नहीं लिया तो क्या भूत निशान लेने आये थे। मुझसे छल, कपट, चरित्तर करती हो। अरे, मैं बताए देती हूँ, मैं अच्छों के लिये अच्छी हूँ और बुरों के लिये बहुत बुरी हूँ। मैं एक को भी नहीं छोडूंगी। मैं अन्धी नहीं हूँ। मैं सब समझती हूँ। मुझे कोई बेवकूफ नहीं बना सकता।

(हरी बाबू डॉक्टर को पहुंचा कर लौटते हैं। दायें कमरे में माँ की आवाज सुनकर बीच के दरवाजे के पास खड़े हो जाते हैं।)

माँ : (चिल्लाते हुए) मैं साफ-साफ कहूंगी, चिल्ला-चिल्ला कर कहूंगी-मोहल्ले टोले को सुनाकर कहूंगी। जिसे अपनी इज्जत प्यारी हो, अपने घर जाय। अपना काम देखे। यहां क्यों पड़ा है? निकल जाये। मैं किसी से डरूँगी नहीं। किसी से दबूंगी नहीं। जाये, अपने घर जाये। निकल जाये।

अंक-2

स्थान : प्रथम अंक के समान ही।

समय : रात के आठ बजे।

(पर्दा खुलने पर बायें कमरे में हरि बाबू काके की मेज पर बैठे कापी पर हिसाब लगाते दिखाई पड़ते हैं। दायें कमरे में बुआदादी की चारपाई पर, जिस पर बिस्तर नहीं है, माँ चढ़ी बैठी है। माँ के पास ही बाबू जी कुर्सी पर बैठे हैं।)

(दायाँ कमरा)

बाबू : **(खिली बाँछों से)** बुआ तो हम लोगों के भाग्य खोल गईं।

माँ : हम लोगों ने भी सेवा में कोई कसर नहीं रखी थी।

बाबू : फूफा के मरने के बाद मैं तो बुआ को केवल परोपकार की भावना से लाया था। भगवान जानता है जो मुझ में जरा भी लालच रहा हो।

माँ : सेवा का फल मेवा होता है। **(स्वर बदलकर)** आखिर कब तक हम इस बेशुमार दौलत को बक्स में रहने दें। चाबी मिल गई है। खोलकर देखें कि क्या है?

बाबू : काके की माँ, जल्दी का काम शैतान का होता है। थोड़ा सब्र से काम लो। इस समय घर में सब लोग जाग रहे हैं। किसी को पता लग गया तो उसके पेट में बात पचेगी नहीं। शहर भर में बिजली की तरह फैल जायेगी।

माँ : मुझसे तो अब इन्तजार नहीं होता।

बाबू : मैं तुम्हारी बेसब्री जानता हूँ। इसीलिये चाबी मैंने अपने पास रख ली है। बेटी दामाद की नीयत तो तुम जानती ही हो। जब सब सो जायें तो चुपचाप निकाल लेंगे। शहर भर में ढिंढोरा पीटने की क्या जरूरत है?

माँ : मेरा तो एक-एक पल पहाड़ बन रहा है। न जाने कितनी देर में यह सोयेंगे।

बाबू : अरे अभी सो जायेंगे। तुम इसी कमरे के आस-पास रहना। बक्स अपनी आंखों से ओझल मत होने देना। (उठते हुए) मैं अभी आया। पूजा से निबट जाऊं। (प्रस्थान-पीछे के द्वार से)

(माँ चारपाई पर बैठे ही बैठे पास की मेज से रामायण उठाती है, चश्मा लगाती है। फिर हाथ जोड़ कर मन ही मन रामायण का पाठ करती है।)

(बायाँ कमरा)

(रानी का प्रवेश पीछे के द्वार से)

रानी : (हरि बाबू के पीछे जाकर पीठ पर हाथ रखती हुई) क्या कर रहे हो?

हरि : लुट गया।

रानी : क्या हुआ?

हरि : लुट गया। एक दम लुट गया!!

रानी : कैसे लुट गये?

हरि : साफ लुट गया। 5276 रु. 31 पैसे की चोट लगी।

रानी : क्या मतलब?

हरि : मतलब यह कि बुआदादी हम लोगों को 5276 रु. 31 पैसे का चूना दे गईं। मैं अभी हिसाब लगा रहा था। मेरा तो दिवाला निकल गया।

रानी : 5276 रु.?

हरि : 5276 रु. और 31 पैसे भी!

रानी : इतना कैसे खर्च हो गया?

हरि : यही तो मुझे भी ताज्जुब है। लेकिन जब हिसाब लगाया तब पता चला। रोज-रोज मिठाई लाता था। डेढ़ हजार का तो उनके लिये काशमीरी कम्बल लाया था।

रानी : सोने की अंगूठी भी तो हम लोगों ने बुआदादी के लिये बनवाई थी। तुमने वकील को भी तो कुछ दिया होगा।

हरि : हां, उस वकील को भी दस्तावेज लिखाने में पांच सौ रुपये देने पड़े थे। मैंने सब से अच्छा वकील छांटा था-मगर काम कुछ भी नहीं बना।

रानी : हम लोगों की किस्मत ही खराब है। हम लोगों ने बुआदादी की इतनी सेवा करी और बदले में...

हरि : **(काटते हुए)** चाबी मिली तुम्हारे माँ-बाप को-

रानी : अगर बुआदादी को होश आ जाता...।

हरि : **(काटते हुए)** अरे, होश कैसे आता! मेरी किस्मत में जो नहीं लिखा था। दस्तावेज में तुम जरा सा अंगूठा तक नहीं लगवा सकीं?

रानी : और तुम्हीं ने कौन-सा लगवा लिया! मुझसे क्या कहते हो?

हरि : तुमसे नहीं कहता-मैं अपनी किस्मत पर रो रहा हूं। 31 रु. 5276 पैसे-नहीं, नहीं 5276 रु. 31 पैसे। सच रानी, मेरे दिमाग में तो रह रह कर रुपये खटक रहे हैं। ऐसा गुस्सा आ रहा है कि **(मेज पर रखे गिलास को उठाकर)** इस गिलास को दीवार से मारकर तोड़ दूं।

रानी : **(हंसकर)** खिसियानी बिलइया खम्बा नोचे। इस गिलास को तोड़ने से तो रुपए मिल नहीं जायेंगे।

हरि : इसीलिये तो नहीं तोड़ा। लकिन अब मैं यहां एक पल भी नहीं रुकना चाहता।

रानी : तुम इस वक्त गुस्से में हो। जरा ठंडे दिमाग से काम लो। यही मौका है। माँ बाबू जी की खुशामद करके बुआदादी की बेशुमार दौलत का कुछ हिस्सा पाया जा

सकता है।

हरि : वह तो हमें दुश्मन माने बैठे हैं।

रानी : लेकिन अगर हम लोग इस समय चले गये तो हमेशा दुश्मन बने रहेंगे। इसलिये यही वक्त है कि हम फिर से उनके विचार अपने लिये बदल दें।

हरि : कैसे?

रानी : यह तुम मुझ पर छोड़ दो। माँ-बाप का गुस्सा औलाद के लिये बस यों ही होता है। ज्यादा दिन नहीं ठहरता। कोई बहाना मिला, बस तुरन्त उड़ जाता है।

हरि : तुम क्या करोगी?

रानी : तुम देखते जाओ। दो-चार मीठी-मीठी बातें करूंगी। जरा सा माँ के पैर दबाऊंगी, गले से लिपट कर लाड़ करूंगी-सब ठीक हो जायेगा।

हरि : ठीक है। कोशिश कर देखो। किसी तरह चौथाई ही मिल जाए।

रानी : घर की रोटी भी अब मैं ही बनाऊंगी।

हरि : **(दुःखी स्वर में)** हाय 5276 रु. 31 पैसे-मुझे तो सदमा बैठ गया है।

रानी : तुम फिकर मत करो। मुझे देखो, मैं क्या करती हूं।

(रानी का दायें कमरे में प्रस्थान)

(दायाँ कमरा)

(माँ के पास जाकर रानी बैठ जाती है।)

रानी : **(लाड़ से)** माँ!

माँ : **(क्रोध से)** क्या है?

रानी : माँ आज का खाना मैं बना रही हूँ। तुम चौके की फिकर मत करना।

माँ : **(उपेक्षा से)** हूँ!

रानी : जब तक मैं हूँ माँ, तब तक मैं ही पूरे घर के लिये खाना बनाऊंगी।

माँ : बड़ा एहसान करेगी।

रानी : कैसी बातें करती हो माँ। मैं एहसान करूंगी? अपने घर का खाना बनाने में एहसान होता है?

माँ : यह सूरज पच्छिम से कैसे निकला है?

रानी : ब्याह के बाद लड़की की ममता माँ बाप के लिये कम नहीं होती। दूर रहकर और भी बढ़ जाती है।

माँ : जरूर बढ़ती है - तभी तो माँ बाप के आड़े आने लगती है।

रानी : हाय! माँ तुम क्या कह रही हो?

माँ : मैं क्या कह रही हूं, यह तू अच्छी तरह जानती है!

रानी : भगवान जानता है माँ, कभी मैंने सपने में भी जो तुम्हारे खिलाफ सोचा हो।

माँ : हाँ-हाँ, भगवान तो जानता ही है। मुझे चरित्तर न दिखा।

रानी : **(भावुकता के अभिनय से)** माँ तुम मुझसे नाराज हो। मैंने अपनी जानकारी में कोई गलती नहीं की। अगर अनजाने में हो गई हो, तो तुम्हें भूल जाना चाहिये। बच्चे तो गलती करते ही हैं, लेकिन बड़े हमेशा माफ कर देते हैं। माँ की ममता तो ऐसी होती है कि अपने बच्चों का बड़ा अपराध भी माफ कर देती है।

माँ : मैंने भी तो माफ कर दिया है। कौन सा तुझे फांसी पर लटका दिया?

रानी : **(रुआंसे स्वर में)** माँ, मुझसे तुम्हारी यह नाराजगी नहीं देखी जाती। सच तुम्हारा नाराज चेहरा मेरे सीने में बर्छी सा चुभता है। अगर तुम मुझे माफ नहीं करोगी तो मेरा कौन है? माँ-बाप से बढ़कर लड़की का कौन होता है? मैं बड़ी अभागिन हूँ कि जिन्होंने जन्म दिया वही मुझसे रूठ गये।

माँ : **(अपने पास बुलाकर)** इधर आ, इधर आ! रो क्यों रही है?

रानी : **(माँ की गोद में गिरकर)** माँ!

माँ : अच्छा, अच्छा चुप हो जा!

(इतने में हरि बाबू का बीच के द्वार से प्रवेश। माँ बेटी चौंक कर अलग हो जाती है)

हरि : सुशीला बहन आई हैं।

माँ : सुशीला बहन। अच्छा! उनको यहीं बुला लाओ।

(हरि बाबू बीच वाले द्वार से बायें कमरे में जाते हैं। पीछे-पीछे रानी भी)

(बायाँ कमरा)

हरि : सुशीला बहन। माँ आपको बुआदादी के कमरे में बुला रही हैं। आइये- **(सुशीला बहन बायें कमरे में चली जाती हैं। सुशीला बहन के जाते ही हरि बाबू और रानी बड़ी जोर से हाथ मिलाते हैं, और एक-दूसरे का हाथ पकड़े हँसते हुए पीछे के द्वार से अंदर की ओर चले जाते हैं।)**

(दायाँ कमरा)

(माँ और सुशीला बहन गले मिल कर दहाड़ मारते हुए रोते हैं।)

सुशीला : **(बैठकर सहानुभूति में)** बुआ के बारे में सुना। बड़ा अफसोस हुआ।

माँ : **(रोने का अभिनय करते हुए)**- बहन भाग्य में यही था। बुआ हम लोगों को छोड़ कर इतनी जल्दी चली गईं। यह तो उनको बिल्कुल अपनी माँ की तरह मानते थे।

सुशीला : ईश्वर के आगे किसकी चली है?

माँ : सुबह से रोते-रोते उनका बुरा हाल हो गया है। **(उसी समय बाबूजी केला खाते हुए वहाँ घुसते हैं। माँ उनको नहीं देख पाती। सुशीला देख लेती है और मुस्कराती है। बाबू जी सर पर पैर रखकर वहाँ से भागते हैं।)** अभी तक कुछ खाया भी नहीं। बुआ चार रोज से बेहोश थीं। कल रात को दो बजे के करीब पांच मिनट को होश भी आया, लेकिन बेचारी बोल न सकीं।

उसके घंटे भर बाद ही बेचारी चल बसीं।

सुशीला : उस दिन, इसी जगह जहां तुम बैठी हो, बुआ बैठी थीं। चेहरे पर कैसी रौनक थी।

माँ : बुआ के बिना तो यह घर सूना-सूना सा लगता है।

सुशीला : उनकी बीमारी में तुम सबने बड़ी सेवा करी।

माँ : बुआ को चन्दन से जलवाया है। उनका विमान बनवाया था। उनकी अर्थी बड़ी धूम-धाम से निकली थी।

सुशीला : सो तो ठीक है बहन! **(फुसफुसाते हुए)** यह तो बताओ कि चाबी तुम्हीं को मिली या लड़की-दामाद को?

माँ : उँह, लड़की दामाद क्यों पायेंगे? हम लोग जब मौजूद हैं, तो हमीं को मिलनी चाहिये थी।

सुशीला : लेकिन तुम्हारी लड़की-दामाद तो इस चक्कर में रहा करते थे कि वे पा जाएं -

माँ : भला हमारा मुकाबला कर सकते थे! चाबी हमें मिलनी चाहिये थी, वह हम लोगों को ही मिली।

(सुशीला बहन खिसक कर नजदीक आती है)

सुशीला : तब तो बहन, कितना मिला?

माँ : अभी तो कुछ नहीं मिला।

सुशीला : बहन, तुम हमीं से दुराव करने लगीं। अरे, मैं किसी से कह थोड़े ही दूंगी। मगर मुझे यह अफसोस रह जायेगा कि तुम्हारा मुझ पर से बिस्वास हट गया।

माँ : नहीं, नहीं, यह बात नहीं है।

सुशीला : तब। तब क्यों नहीं बतातीं? हम माँगेंगे थोड़े ही। तुम्हारा सुख जानकर हम भी सुखी हो लेंगे।

माँ : अभी तक बक्स खोला ही नहीं।

सुशीला : क्यों?

माँ : इन्होंने चाबी अपने पास रख ली है। तुम तो जानती ही हो कि दीवार के भी कान होते हैं। फिर बेटी दामाद की नीयत बहुत अच्छी नहीं है। और भी लोगों का आना

जाना होता है, इसलिये रात को जब सब सो जायेंगे तब बक्स खोलेंगे।

सुशीला : ओ!.....

माँ : फिर जल्दी भी क्या है? कहीं भागा थोड़े ही जा रहा है।

सुशीला : तभी तुम बक्स पर चढ़ी बैठी हो, बिल्कुल बुआदादी की तरह। **(हंसते हुए)** निगाह तो रखनी ही चाहिये। आदमी के ईमान का क्या भरोसा?

माँ : बुआदादी तो जब तक हमारे यहां रहीं, इस बक्स पर चढ़ी बैठी रहीं। सुनती हो बहन! चार दिन बाद जब बुआदादी को होश आया-तो उनकी बोलती बन्द थी, मगर वह बक्स को तब भी नहीं भूलीं।

सुशीला : कैसे?

माँ : उन्होंने इशारे से कहा कि बक्स को नीचे से निकालकर चारपाई पर रख दो।

सुशीला : अच्छा! फिर चारपाई पर बक्स रखा?

माँ : हाँ! चारपाई पर बक्स रखवा लिया, एक हाथ से ताला पकड़ लिया, तब कहीं जाकर वह मर पाईं। ऐसा लगता था कि उनके प्राण इस बक्स में ही अटके थे। तभी मर नहीं पा रही थीं।

सुशीला : उनका बस चलता तो वह अपने साथ बक्स स्वर्ग लेकर जातीं। **(रुककर)** मगर एक बात है, बहन! लगता है उनका मन मरते समय भी बक्स की दौलत पर टिका था।

माँ : वही तो मैं भी कह रही हूँ।

सुशीला : बहन सुनते हैं कि जो जिन्दगी भर अपनी कमाई को अपने सीने से इस तरह चिपकाये रहता है वह मरने के बाद सांप बन कर उस धन की रक्षा करता है।

माँ : **(परिहास से)** अब तो मैं रक्षा कर रही हूँ।

सुशीला : बहन, हमारी अम्मा कहा कहती थीं कि उनकी नानी के चचिया ससुर के पास भी ऐसी ही दौलत थी। उसे

उन्होंने तांबे के कलसों में भरकर चारपाई के नीचे गाड़ रखा था। सुनते हैं, जैसे ही उनकी मौत हुई, बड़ी जोर से खनखनाने की आवाज हुई जो धीरे-धीरे दूर होती हुई खत्म हो गई। उसी दिन जब बाद में उनके लड़कों ने दौलत का बंटवारा करने को जमीन खोदी तो जानती हो क्या देखा उन्होंने....

माँ : क्या देखा?

सुशीला : हाय! वहां तो बहुत बड़ा एक कलसे बराबर गोल-गोल छेद हो गया था, जो जमीन में बहुत भीतर तक तिरछा चला गया था, जिसका कोई ओर-छोर नहीं था।

माँ : अरे!

सुशीला : लक्ष्मी तो चंचल होती है। वह माँ की नानी के चचिया ससुर के भाग्य में थी, सो उनके मरते ही चली गई।

माँ : हाँ भाई! लक्ष्मी तो भाग्य से ही मिलती है।

सुशीला : लक्ष्मी हरेक को फलती भी नहीं। हमारी पड़ोसिन तिवारिन के मौसा के भी मकान की नींव खुदते हुए दो घड़े अशर्फी के कलसे मिले। मगर बहन उस दौलत का आना था मानों घर पर जैसे प्रलय ही हो गई।

माँ : क्या हुआ?

सुशीला : जैसे-जैसे मकान बनता गया, वैसे-वैसे परिवार का एक-एक प्राणी मरता गया। मकान बनकर के खड़ा हुआ, तो दस आदमियों के परिवार में एक मौसा ही बचे थे।

माँ : **(चिढ़कर)** हाँ, हाँ, किसी-किसी को नहीं फलती है। हमने भी सुना है।

सुशीला : बहन हमारी पड़ोसिन के मायके की सच्ची बात है, उनकी भाभी के फूफा अपने माँ-बाप के इकलौते थे-सो उनकी माँ के आगे सुनते हैं जमीन बालिश्त भर ऊंची हो जाती थी।

माँ : जमीन किस तरह ऊँची हो जाती थी?

सुशीला : यही तो ताज्जुब है बहन! वह पूजा करें तो जमीन सामने फूल जाये। वह खाना बनायें तो चौके में जमीन फूल जाये। वह सो कर उठे तो पैरों के पास जमीन फूल जाये। वह तो परेशान हो गई।

माँ : परेशान तो कोई भी हो जायेगा। फिर क्या हुआ?

सुशीला : हारकर उन्होंने पंडित से पूछा, झाड़-फूंक करवाई मगर कोई असर नहीं हुआ!

माँ : तब? तब क्या किया?

सुशीला : एक दिन उनकी भाभी के फूफा की माँ ने सपने में देखा कि एक बहुत सुन्दर, बहन, बहुत ही सुन्दर, सोलह बरस की बड़ी-बड़ी आंखों वाली गोरी सी लड़की खड़ी हुई है। उसके चेहरे पर जैसे तेज चमक रहा हो। वह उनसे बोली मैं लक्ष्मी हूँ-मैं तुम्हारे पास आती हूँ। मुझे ले लो, लेकिन बदले में जो माँगू वह तुम्हें देना होगा।

माँ : वह क्या माँगती थी?

सुशीला : उन्होंने पूछा तो लक्ष्मी ने जवाब दिया, मुझे अपना लड़का दे दो।

माँ : लड़का माँगा?

सुशीला : हाँ! बस यह कहकर गायब हो गई। बताओ बहन, पड़ोसिन की भाभी के फूफा इकलौते बेटे थे। उनकी माँ उन्हें कैसे दे देती? उन्होंने पंडित बुलाकर पूछा-अपना सपना बताया। पण्डित ने कहा कि अब की बार जब जमीन फूले तो उस पर लात मारकर कह देना मुझे तुम्हारी जरूरत नहीं है।

माँ : उन्होंने लात मारी?

सुशीला : हाँ!

माँ : और उसके बाद से जमीन फूलना बन्द हो गई?

सुशीला : हाँ। तब कहीं जाकर जमीन का फूलना बन्द हुआ।

माँ : **(चिढ़कर)** लेकिन बहन, हमें यह दौलत बुआदादी की सेवा से मिली है। फूफा के मर जाने पर उनको कोई

पानी देने वाला भी नहीं था। ऐसे ही मर जातीं, कोई जलाने वाला भी न मिलता। हम लोगों ने इन्हें अपनी असली माँ से ज्यादा माना है।

सुशीला : ठीक कहती हो। वह तो मैंने भी देखा ही है।

माँ : हमारे दिल में खोट नहीं था। उनकी मरते-दम तक सेवा की, जो उनकी खुद की कोख के बेटे भी नहीं कर सकते थे।

सुशीला : हाँ-हाँ-ठीक कह रही हो। स्वर्ग में बैठी बुआ तुम लोगों को दुआएं दे रहीं होंगी।

माँ : यह दौलत भी उनकी दुआ और आशीर्वाद ही से मिली है। यह हम लोगों को क्यों नहीं फलेगी। माँ-बाप जो कुछ भी देते हैं, आशीर्वाद के साथ देते हैं।

सुशीला : भगवान करे तुम खूब फलो-फूलो। अच्छा बहन, अब मैं चलूं। फिर आऊंगी।

माँ : अच्छा बहन! राम, राम!

(सुशीला बहन जाते-जाते बीच के द्वार से लौटती है)

सुशीला : बहन, मैंने तुम्हें सगी बहन की तरह माना है। माना है न?

माँ : हाँ, क्यों क्या बात है?

सुशीला : बहन, मेरा मकान पुरखों का बनाया हुआ है। हम लोग तो बस किसी तरह से दोनों वक्त खाना और कपड़ा चला पाते हैं। मकान की मरम्मत के लिये रुपया कहां से आये। बहन, तुम हमें भूल न जाना।

माँ : हाँ, हाँ, तुम्हें कैसे भूल सकती हूँ?

सुशीला : और बिटिया भी तो अब सयानी हो रही है। उसके हाथ भी अब जल्दी ही पीले करने हैं।

माँ : हाँ, हाँ मैं सब समझती हूं। तुम चिन्ता मत करो।

सुशीला : अच्छा तो बहन, अब मैं चलूं?

माँ : हाँ जाओ।

(सुशीला का प्रस्थान)

(बायें कमरे से बाहर जाती सुशीला का सामना बाबूजी से होता है। बाबूजी ठिठककर सुशीला को निहारते हैं। सुशीला उनको देखकर अदा मारती हुई लजाती है, बाहर जाती है।)

माँ : (स्वर बदलकर बड़बड़ाती हुई) किसी तरह टली तो यहां से! जलन तो देखो, किसी से किसी का फलना-फूलना देखा नहीं जाता।

(बाबूजी का बीच के द्वार से प्रवेश)

बाबू : (हंसते हुए) तुम फिर बैठी अकेली बड़बड़ा रही हो। क्या बात हो गई? जरा हम भी तो सुनें।

माँ : अरे, यह सुशीला बहन जलन के मारे कोयला खाक हुई जा रही है। कहती है कि ऐसी दौलत फलती नहीं है और दरवाजे से लौट-लौट कर कह रही थी कि हमारा मकान बना देना। लड़की की शादी में मदद देना।

(बायाँ कमरा)

(द्वार से शहंशाह बहादुर का प्रवेश। वह चूड़ीदार और शेरवानी पहने हुए है। सिर पर 'फर' की टोपी है। उमर करीब पैंतालिस-पचास। बगल में छोटा सा बिस्तर है। वह चाल और बनावट से नौटंकी का ऐक्टर लगता है।)

शहंशाह : भाभी! मेरी भाभी!! कहां हो तुम?

(बाबूजी का बीच के द्वार से प्रवेश)

बाबू : आप कौन साहब हैं?

शहंशाह : मैं कोई भी हूं। मैं इस वक्त पूछ रहा हूं कि भाभी कहां हैं? मेरी भाभी कहां है?

बाबू : मैं पूछ रहा हूं, आप कौन साहब हैं?

शहंशाह : मैं कोई भी हूं। मेरे सवाल का जवाब दीजिये। भाभी कहां है?

बाबू : आप अजीब आदमी हैं। घर में सीधे घुसे चले आये, बिना इजाजत लिये हुए, और जब आप से पूछा जाता है कि आप कौन हैं तो आप बताते नहीं।

शहंशाह : देखिये साहब। साफ बात यह है, मैंने आपसे पूछा कि

भाभी कहां हैं, और आपने मुझसे पूछा कि मैं कौन हूं। जिस तरह आपने सवाल किया, मैंने भी सवाल किया। लेकिन मैंने पहले, और आपने बाद में सवाल किया। इसलिये मेरे सवाल का जवाब पहले मिलना चाहिये और आपके सवाल का जवाब बाद में। साफ बात!

बाबू : निहायत सनकी आदमी मालूम पड़ता है।

शहंशाह : आपने बताया नहीं कि भाभी कहां हैं?

बाबू : कैसी भाभी? आप किसको पूछ रहे हैं?

शहंशाह : मैं अपनी भाभी को पूछ रहा हूं। राजा गुलजार बहादुर की धर्मपत्नी जो मेरी भाभी हैं, उनको पूछ रहा हूं।

बाबू : ओह! बुआ को? उनका तो स्वर्गवास हो गया।

शहंशाह : **(चौंककर)** कब?

बाबू : कल रात के तीन बजे।

शहंशाह : ओह! भाभी चल बसीं। **(फूट कर रोते हुए)** भाभी.. .तुम चल बसीं ...और मैं तुम्हें देख भी न सका...भाभी तुम्हारा यह देवर तुम्हें देख न सका...तुमसे आखिरी समय मिल भी न सका। हाय, मेरी भाभी...

(रोने की आवाज सुनकर दायें कमरे से माँ का प्रवेश तथा भीतर के कमरे से रानी-हरि बाबू, काके और डब्बू का प्रवेश)

शहंशाह : मैं जानता हूं, भाभी आखिरी वक्त मुझसे मिलने के लिये तड़प रही होंगी। मैं ही तो उनकी ससुराल का अकेला आदमी बचा हूँ, और मैं ही उनके आखिरी वक्त नहीं पहुंच सका। भाभी...**(दहाड़ कर रोता है। बाबूजी की समझ में नहीं आता कि क्या करें।)** भाभी!! **(दुख बिह्वल स्वर में)**-मैं आया और तुम चली गईं भाभी! हाय भाभी...

बाबू : **(सांत्वना के स्वर में)** खामोश रहिये। शान्त होइये। शान्त होइये। अब रोने से क्या फायदा। जाने वाला तो चला ही गया। शान्त हो जाइये।

शहंशाह : साफ बात है। अब रोने से क्या फायदा। **(दुखी स्वर में)** जाने वाला तो चला ही गया, मगर जिन्दगी भर का

पछतावा रह गया। आखिरी वक्त उनके दर्शन भी न कर सका।

माँ : **(बाबूजी से पूछते हुए)** मैंने इनको पहचाना नहीं।

शहंशाह : आप पहचानेंगी भी किस तरह? साफ बात तो यह है कि मैंने भी आपको नहीं पहचाना।

बाबू : यह मेरी धर्मपत्नी हैं।

शहंशाह : समझा! समझा!

हरि : आप अपना परिचय तो दीजिये।

शहंशाह : मैं राजा गुलजार बहादुर का भाई शहंशाह बहादुर हूँ।

हरि : बुआदादी के देवर।

बाबू : देवर!!

रानी : **(संशय से)** यह राजा गुलजार बहादुर के भाई हैं!

शहंशाह : क्या मैं राजा गुलजार बहादुर का भाई नहीं लगता?

हरि : **(परिहास से)** बिल्कुल भाई लगते हैं। राजा का भाई ही तो शहंशाह होगा। फिर आप तो शक्ल-सूरत से भी शहंशाह लगते हैं।

माँ : लेकिन राजा गुलजार के तो कोई भाई नहीं था।

शहंशाह : मैं उनका चचेरा भाई हूं। लेकिन **(जोर से)** राजा गुलजार बहादुर मुझे सगे भाई से बढ़ कर मानते थे। मेरा उनका प्याले-निवाले का साथ था। **(बाबूजी की ओर मुखातिब होकर)** दसवां कब है?

बाबू : बाईस तारीख को।

शहंशाह : और तेरवीं?

बाबू : पच्चीस तारीख को।

शहंशाह : तब तक तो मुझे यहां रहना ही पड़ेगा। आखिर आप लोग तो सब भाभी के मायके वाले हैं, उनकी ससुराल का तो कोई होना ही चाहिये।

बाबू : **(अनिच्छा से)** बेशक-बेशक।

शहंशाह : **(कमरे की ओर देखते हुए)** यह कमरा, साफ बात है, बहुत अच्छा तो नहीं है, लेकिन मैं इसी में ठहर

जाऊंगा।

बाबू : जी हाँ।

शहंशाह : मैं इसी तख्त पर अपना बिस्तर लगा लूंगा। (**तख्त पर बिस्तर जमा कर बैठते हुए**) ठीक है- मैं यहीं रहूंगा। मैं नहीं आ सका वरना बुआदादी का दाहसंस्कार मैं ही करता। साफ बात है, मुझे ही करना पड़ता-क्योंकि ससुराल का मैं ही अकेला हूं।

(सब लोग खामोश हो उसको देखते हैं)

शहंशाह : भाभी ने राजा गुलजार बहादुर यानी मेरे भाई साहब की निगाहें बचाकर बहुत बड़ी दौलत छुपाई थी। और वह उस बेशुमार दौलत को लेकर आपके पास यहां चली आई थीं। भाभी तो मेरे यहां ही जाना चाहती थीं। उस समय मेरी तबियत खराब थी, इसलिए वह यहां मायके चली आईं। खैर, वह सब बाद की बात है। अभी तो तेरहवीं तक मैं यहीं हूं।

(रानी माँ को इशारे से बुलाकर बीच वाले द्वार से दायें कमरे में ले जाती है—पीछे-पीछे डब्बू भी जाता है। दायें कमरे में दोनों खुसुर-पुसुर एक-दूसरे के कान में बातें करती हैं।)

बाबू : (**हिचकचाते हुए**) बुआ ने आपका तो कभी जिक्र ही नहीं किया।

शहंशाह : नहीं किया होगा! खैर, इन सब बातों का क्या फायदा। मेरी जल्दी सोने की आदत है। सफर की भी कुछ थकान है। मैं जल्दी आराम करना चाहता हूं। खाना जरा जल्दी मंगवाइये।

(दूसरे कमरे से माँ की आवाज आती है 'काके के बाबू, जरा दो मिनट को यहां आना। बेटा हरि बाबू तुम भी आना।)

शहंशाह : जाइये साहब, जाइये। आपके लिये समन आया है।

(बाबूजी, काके तथा हरि बाबू का दायें कमरे में प्रवेश)

(दायाँ कमरा)

माँ : (**बाबूजी से**) तुम्हारी अक्ल तो चरने चली जाती है।

बाबू : क्या हुआ?

माँ : क्या नहीं हुआ? यह किसे बुलाकर के अपने घर बिठा लिया है।

बाबू : मैंने कहां बिठा लिया? वह अपने आप आया है।

माँ : और तुमसे यह कहते नहीं बना कि निकल जाओ यहां से। उसे देखते ही मेरे दिमाग में खटका हुआ था। मगर रानी को उसकी नीयत समझते देर नहीं लगी। उसने फौरन मुझको बुलाकर आगाह किया।

बाबू : रानी ने क्या कहा? **(रानी से)** क्या बात है?

रानी : बाबूजी, मुझे तो यह आदमी बहरूपिया लगता है।

माँ : बहरूपिया नहीं, पूरा जालिया है जालिया। कोई ठग या बदमाश है। कहता है मैं गुलजार बहादुर का भाई हूँ।

हरि : राजा गुलजार बहादुर के भाई की यह शक्ल।

रानी : मैंने तो माँ को तुरन्त बता दिया कि यह भाई-वाइ कुछ नहीं है, दौलत के लालच में सब ही भाई-भाभी बन जाते हैं।

हरि : और अगर यह वाकई बुआदादी का देवर है, तो बुआदादी ने कभी इसका जिक्र क्यों नहीं किया?

रानी : बुआदादी के जिन्दा रहते क्यों नहीं आया?

हरि : अब आया है, अपना हिस्सा माँगने।

माँ : इनके तो कुछ समझ में आता ही नहीं है।

रानी : वह रो कैसे रहा था। सारा घर आसमान पर उठा लिया चिल्ला-चिल्ला कर।

हरि : बहुत बड़ा ऐक्टर है। किसी नौटंकी में भरती हो जाये तो कमा खाये।

माँ : और यह उसे चुप करा रहे थे। **(चिढ़ाते हुए)** शान्त हो जाइये!! शान्त हो जाइये!!

बाबू : **(कुछ चिढ़कर)** अगर कोई सामने रोता हो तो उसे चुप नहीं कराऊंगा?

माँ : नहीं, उसके साथ हम खुद रोएंगे।

बाबू : फिर वह बुआ का अपने को देवर बताता है। इस हिसाब से वह हमारा रिश्तेदार हुआ। हम कैसे निकाल देते?

माँ : बहुत अच्छे! जो आकर कहे कि हम तुम्हारे रिश्तेदार हैं, वह रिश्तेदार हो गया। इस तरह कोई भी आकर कह सकता है।

हरि : इस बात का क्या सबूत कि वह वाकई बुआदादी का देवर है, राजा गुलजार बहादुर का भाई है?

माँ : हाँ, हाँ क्या सबूत है? आज तो यह देवर बनकर आया है। कल कोई ऐरा गैरा नत्थू खैरा उनका बेटा बनकर चला आयेगा।

रानी : बाबूजी आपने उसकी बातें नहीं सुनी। कह रहा था कि भाभी ने राजा-गुलजार बहादुर की निगाह बचाकर बेशुमार दौलत इकट्ठा की थी।

माँ : उसे यह कैसे पता चला?

हरि : किसी भी तरह चला हो। मगर उसे इस वक्त दौलत का जिक्र करने की क्या जरूरत थी? इससे साफ जाहिर है कि उसका यहां आने का मतलब दौलत ही है।

बाबू : (सोचकर) यह हो सकता है।

माँ : हो नहीं सकता है, अब भी शक है तुम्हें?

हरि : वह तेरहवीं तक यहां रहेगा। और उसके बाद अपना हिस्सा माँगेगा।

बाबू : उसके हिस्सा माँगने से क्या हम लोग दे देंगे?

हरि : देना पड़ेगा। वह कचहरी लाकर बिठा देगा। बुआदादी की सारी दौलत राजा गुलजार बहादुर की है। उस पर कानूनन राजा गुलजार बहादुर के रिश्तेदारों का हक है। बुआ के रिश्तेदारों का हक नहीं।

बाबू : वाह! वाह! हमारा हक क्यों नहीं है? फिर जैसे राजा गुलजार बहादुर के रिश्तेदार, वैसे ही उनकी पत्नी के

रिश्तेदार। हमारा हक भी उतना ही है, बल्कि ज्यादा है क्योंकि हम ने बुआ की सेवा की है।

हरि : आपकी यह दलील कोर्ट में नहीं चलेगी। कानून-कानून है। पत्नी के रिश्तेदार विरासत में तभी आते हैं जबकि जायदाद या दौलत पत्नी की स्वयं की कमाई हो, या उसे मायके से प्राप्त हुई हो। इस जगह सारी दौलत राजा बहादुर की है। कानून तो इस सनकी शहंशाह बहादुर की तरफ होगा।

माँ : **(निराशा से)** हमारी सेवा सब बेकार हुई।

हरि : कानून सेवा नहीं देखता। वह तेरहवीं तक यहां रहकर इस बात का सबूत इकट्ठा कर लेगा कि आप लोगों ने विश्वासघात करके उससे दौलत छीन ली है।

बाबू : तब किया क्या जाये?

माँ : सोचना-विचारना क्या है। कम्बख्त का हाथ पकड़कर मकान के बाहर ढकेल दो।

हरि : उसे सबूत की भी कमी न होगी। आपके मोहल्ले के ही आपके सगे सम्बन्धी ही, दौलत के लालच में उसकी तरफ से बयान देने को तैयार हो जायेंगे।

माँ : ठीक कहते हो भैया। दूर क्यों जाओ। हमारी सुशीला बहन ही को लो, उनका भी कलेजा फटा जा रहा था-जलन के मारे।

हरि : इस बला से, जितनी जल्दी छुट्टी हो उतना ही अच्छा है।

माँ : **(ताव से)** तू देख क्या रही है रानी! यह तो खड़े सोचते ही रहेंगे। तू जाकर मेरा बेलन तो उठा ला। मैं ही कम्बख्त को निकाल कर बाहर करूं।

हरि : मेरी राय है बाबूजी कि पहले उससे राजा गुलजार बहादुर के भाई होने का सबूत हासिल कीजिये। और अगर वह सबूत न दे पाये, तो उसे धक्के मारकर निकाल दीजिये।

बाबू : तुम ठीक कहते हो। उससे सबूत मांगना चाहिए।

आओ मेरे साथ। **(हरि बाबू और बाबूजी बीच के द्वार से बायें कमरे को प्रस्थान करते हैं)**

माँ : हाय! हाय!! यह लोग तो खाली हाथ जा रहे हैं। इस आदमी का कौन भरोसा। पता नहीं, कहीं कोई हथियार रखे हो। चल रानी। हम लोग कुछ हाथों में लेकर चलें।

(रानी, डब्बू और काके का घर के भीतर प्रस्थान)

(बायाँ कमरा)

(बाबूजी और हरि बाबू का बीच के द्वार से प्रवेश। उनको देखकर शहंशाह बहादुर जो तख्त पर बिस्तर बिछाकर आराम कर रहा था, उठ कर बैठ जाता है।)

शहंशाह : भोजन तैयार हो गया?

बाबू : भोजन तो तैयार हो रहा है। तब तक हमने सोचा हम आपसे दो चार बातें कर लें।

शहंशाह : बातें कल सुबह करेंगे। इस वक्त मैं थका हूं। आराम करूंगा। **(बिस्तर पर लेटता है।)**

हरि : **(गर्म स्वर में)** सुनिये साहब। हम इसी वक्त बातें करेंगे। **(माँ का बेलन लिये, रानी का मच्छरदानी की पतली टेढ़ी बांस की फट्टी लिये, काके का स्टिक लिये तथा डब्बू का स्केल लिये पीछे के द्वार से प्रवेश।)**

शहंशाह : जल्दी क्या है?

हरि : **(तेज स्वर में)** है जल्दी। इसी वक्त बात करनी है।

शहंशाह : **(उठकर बैठते हुए)** साफ बात है-तो बात कीजिये।

बाबू : बुआ ने कभी आपका जिक्र नहीं किया?

शहंशाह : नहीं किया होगा।

बाबू : मुझे यह भी नहीं मालूम था कि राजा गुलजार बहादुर के कोई चचेरे भाई भी हैं।

शहंशाह : साफ बात है, नहीं मालूम होगा। इसमें मेरी क्या गलती। आपकी जानकारी कुछ कम मालूम पड़ती है।

हरि : हमारी जानकारी तो कम है ही, इसीलिए हम जानने

आए है कि आखिर आप किधर से आ गये।

शहंशाह : ... **(द्वार की ओर इशारा करते हुए)** जी, इस दरवाजे से।

हरि : **(बिगड़कर)** ज्यादा अक्लमंद बनने की कोशिश न कीजिये। हमने अच्छे-अच्छों के मिजाज दुरुस्त कर दिये हैं।

शहंशाह : साफ बात है। आप तो बहुत गरम तबियत के आदमी मालूम पड़ते हैं।

हरि : गरम तबियत हो या ठंडी। अभी सब पता चल जायेगा। हमारी बात का सीधे-सीधे जवाब दीजिये।

शहंशाह : आखिर आप पूछ क्या रहे हैं?

बाबू : हम लोग आपके राजा गुलजार बहादुर के भाई होने का सबूत चाहते हैं।

शहंशाह : **(आत्मविश्वास से हंसकर)** हुं हुं हुं साफ बात है। हम जानते थे आप सबूत मागेंगे।

हरि : आजकल ठग और उचक्के बहुत हो गये हैं। भेष बदलकर घरों में घुस जाते हैं।

शहंशाह : **(तैश खाकर)** जबान संभाल कर बात कीजिये।

माँ : **(बिगड़ कर बेलन दिखाती हुई)** जबान तू संभाल।

शहंशाह : सबूत चाहिये? सबूत। मैं सबूत दूंगा। **(जेब से डायरी निकालकर)** राजा दिलबाग बहादुर के चार बेटे थे- खुशवन्त बहादुर, दिलवन्त बहादुर, गुलवन्त बहादुर और जसवन्त बहादुर। राजा खुशवन्त बहादुर के दो बेटे हुए-बख्त बहादुर, बख्तावर बहादुर। जसवन्त के तीन बेटे थे। इकबाल बहादुर, खुशहाल बहादुर...और निहाल बहादुर...

हरि : **(काटते हुए)** मुझे यह चिट्ठा नहीं सुनना है। जो जी में आये, डायरी में लिख लीजिये। मुझे तो सबूत चाहिये। सबूत!

शहंशाह : **(उतने ही तैश के साथ, सीने पर हाथ ठोकते हुए)**

साफ बात है, साहब। सबूत भी है मेरे पास, वह भी दिखाता हूं।

(तकिये के भीतर से एक डंडी पर गोल लिपटा हुआ एक लम्बा सा कागज निकालता है।)

माँ : आजकल आदमी का ईमान रह ही नहीं गया है।

शहंशाह : सबूत चाहिये, सबूत देखिये। **(कागज को कमरे में एक सिरे से दूसरे सिरे तक फैलाकर)** यह रहा सबूत।

हरि : यह क्या है?

शहंशाह : सबूत! आँखें खोलकर देखिये। **(जमीन पर फैले कागज से पढ़ते हुए)** राजा खुशवन्त बहादुर के दो बेटे-बख्त बहादुर, बख्तावर बहादुर। ज़सवन्त बहादुर के तीन बेटे इकबाल बहादुर, खुशहाल बहादुर, निहाल बहादुर...

रानी : बहरूपिया है।

शहंशाह : **(रानी को देखकर)** सबूत माँगा था, तो सबूत देखिये। यह शजरा है, शजरा। बुजुर्गों के जमाने से चला आ रहा है। **(फिर पढ़ते हुए)** राजा बख्त बहादुर के चार बेटे-ताज बहादुर, राज बहादुर, सरताज बहादुर, मुमताज बहादुर। इकबाल बहादुर के तीन बेटे-मस्त बहादुर, अलमस्त बहादुर और गुलदस्त बहादुर...

हरि : **(बिगड़ते हुए)** आपका नाम इसमें कहां है?

शहंशाह : सबर कीजिये। सबूत दिखाता हूं। मेरा नाम भी है। मैं राजा दिलबाग बहादुर के खानदान का हूं। मुझमें शाही खून है, शाही।

हरि : **(व्यंग्य से)** इनमें शाही खून है। यह मुंह और मसूर की दाल। लखनऊ का हर तांगेवाला खुद को नवाब खानदान का वारिस कहता है।

शहंशाह : **(चिल्लाकर)** सबूत देखिये। **(पढ़ते हुए)** राजा ताज बहादुर के छः बेटे-राजा गुलजार बहादुर, दिलजार बहादुर, जालिम बहादुर, आलिम बहादुर, जोर बहादुर,

जोरावर बहादुर

हरि : अरे जाओ जाओ, यह कोई सबूत नहीं है।

शहंशाह : सबूत नहीं तो और क्या है। शजरा है शजरा। खानदानी शजरा। अलमस्त बहादुर का अकेला चिराग हूँ मैं। मैं शहंशाह बहादुर।

हरि : तुम्हारे ऐसे तो सैकड़ों भीख माँगते घूमते हैं। यहां से चलते फिरते नजर आओ।

शहंशाह : सबूत चाहते थे, देख लिया सबूत। मैं शाही खानदान का हूं। राजा दिलबाग बहादुर के खानदान का हूँ।

हरि : हाँ हाँ बड़े शाही खानदान के हो। **(कन्धा पकड़कर)** जाकर के किसी शाही महल में मेहमानदारी करो।

शहंशाह : **(क्रोध से फुंकार कर)** खबरदार, जो मुझे हाथ लगाया। मैं मैं...

माँ : मैं मैं क्या करता है। बकरा है क्या?

हरि : **(दोनों हाथों से पकड़कर धक्का देते हुए)** निकलो यहां से

रानी : **(मच्छरदानी का बांस जमीन पर पटकते हुए)** निकल बदमाश!

शहंशाह : मैं देख लूंगा।

काके : स्टिक से सर फोड़ दूंगा।

हरि : अरे जा-जा, देख लेना। **(शजरा को पैरों से मसलते हुए)** और देख अपना शजरा भी लेता जा।

शहंशाह : **(दौड़कर शजरा समेटते हुए)** खबरदार जो शजरे में पैर लगाया। मैं एक एक को देख लूंगा। मेरा नाम शहंशाह बहादुर है।

बाबू : अच्छा, अच्छा अब आप जाइये यहां से।

शहंशाह : **(बिस्तर समेट कर बगल में दबाते हुए)** चला तो जाता हूं मगर तुम लोगों ने अच्छा नहीं किया। एक-एक को मजा चखाऊंगा। शहंशाह बहादुर की बेइज्जती करना मजाक नहीं है। ईंट से ईंट बजा दूंगा। मेरा नाम

शहंशाह...है...शहंशाह...

हरि : निकल बदमाश! लफंगा!

माँ : चोर! उचक्का! उठाईगीरा!

(सब लोग डांटते डपटते उसे बायें द्वार से निकाल देते हैं। शहंशाह बहादुर का 'देख लूंगा' कहते हुए प्रस्थान। सब उसका पीछा करते घर के बाहर निकल जाते हैं। बाबू जी अकेले कमरे में रह जाते हैं। वह शहंशाह के निकल जाने के बाद चिल्लाते हैं—'निकल जाओ।' सब शहंशाह को खदेड़कर वापस आते हैं।)

रानी : **(माँ से)** अगर आज ये न होते तो बदमाश को घर से निकालना बड़ा मुश्किल हो जाता।

हरि : बहुत ही छंटा हुआ आदमी लगता था। आप लोग इस चक्कर से बाल-बाल बचे।

माँ : हां बेटा, तुम लोगों ने बहुत बचाया। इनके किए तो कुछ न होता। आखिर को वक्त पर अपनी ही औलाद ही काम आती है।

रानी : **(माँ के गले से चिपटती हुई)** माँ, तुम तो हमें अपना दुश्मन समझें बैठी थीं। भला कोई अपने माँ बाप से बैर कर सकता है?

माँ : **(रानी की पीठ थपथपाती है)** अच्छा बेटा अब चलो। रात बहुत हो गई है, खाना खाकर खत्म करो। **(पीछे के द्वार की ओर चलते हुए)** काके, जरा बाहर का दरवाजा तो बन्द कर दो। पता नहीं कब कौन घुस जाये।

(काके बायाँ दरवाजा बन्द करता है। फिर सब का पीछे के द्वार से प्रस्थान। सब के जाने के बाद बाबूजी का तख्त के नीचे, और इधर-उधर देखकर, अकड़ते हुए घर के भीतर प्रस्थान)

(दायाँ कमरा)

(धीरे-धीरे दोनों कमरों में रात का अंधेरा छा जाता है। बाबूजी और माँ का पीछे के द्वार से लालटेन लिए प्रवेश)

माँ : बारह बज रहा होगा?

बाबू : पीछे का दरवाजा बन्द कर दो।

(माँ दरवाजा बन्द करती है।)

बाबू : सब लोग सो गये हैं न?

(बाबू जी बनियान की जेब से चाबी का गुच्छा निकालते हैं)

माँ : अरे ठहरो-(बीच के द्वार की ओर इशारा करके) यह दरवाजा तो खुला है। मैं इसे बन्द कर लूं। (द्वार बन्द करती है।)

बाबू : काके की माँ, तुम कोई हथियार ले आओ। कोई चाकू वाकू।

माँ : घर में तो तरकारी काटने का एक चाकू है?

बाबू : वही ले आओ।

(माँ का पीछे का द्वार खोल कर प्रस्थान। थोड़ी देर बाद चाकू तथा मच्छरदानी का बांस लिये माँ का प्रवेश।)

बाबू : (माँ के आने के बाद, पीछे के द्वार बन्द करते हुए) यह हथियार मुझे दो। मैं पहरेदारी करता हूं। तुम बक्स खोलो। यह लो चाबी। (बाबूजी एक हाथ में चाकू तथा दूसरे में मच्छरदानी का बांस लेकर कमरे में सीना फुला कर इधर-उधर घूमते हैं। तब ही बायें कमरे में दबे पांव रानी व हरी बाबू प्रवेश करते हैं। वह बीच की दीवार के बन्द द्वार के छेद या सेन्ध से झांकते हैं। थोड़ी देर बाद काके भी वहीं आकर खड़ा हो जाता है।)

माँ : (बक्स के ताले में चाबी लगाती हुई) भगवान के यहां देर है अन्धेर नहीं। आज हमारे भाग्य ने भी पल्टा खाया। ताले में तो जंग लगा है। खुलता ही नहीं।

बाबू : हथियार लेकर तुम चौकीदारी करो, मैं खोलता हूं।

(माँ चाकू और बांस लेकर खड़ी होती है तथा बाबूजी ताला खोलने की कोशिश करते हैं)

माँ : ताले भी मामूली नहीं-शाही हैं शाही। आसानी से कैसे

खुल जायें? मैंने तो आज तक सोने की ईंटें देखी नहीं।

बाबू : **(ताला खींचते हुए)** एक मिनट रुको, अभी देख लोगी। यह लो खुल गया। एक खुल गया। यह लो दूसरा ताला भी खुला और यह...यह तीसरा भी खुला।

(बीच के दरवाजे पर हरी बाबू और रानी बायें कमरे में दस्तक देते हैं। दायें कमरे में माँ और बाबूजी आश्चर्य से एक दूसरे को देखते हैं।)

माँ : हाय राम! यह कौन है!

बाबू : **(अपना भय छिपाते हुए, अकड़ से)** ठहरो। मैं देखता हूं। **(माँ के हाथ से चाकू लेकर, बीच का दरवाजा खोलता है।)** कौन है?

रानी : **(बायें कमरे से)** मैं हूं बाबू जी।

माँ : **(आगे बढ़कर, बाबूजी को पीछे करते हुए)** रानी! तुम?

रानी : हाँ माँ।

माँ : तुम इस वक्त यहां क्या कर रही हो?

रानी : पानी पीने उठी थी। इस कमरे में रोशनी देखी तो देखने चली आई। तुम अभी तक सोई नहीं?

माँ : यह तुम्हारे पीछे कौन खड़ा है?

हरि : **(बायें कमरे से)** मैं हूँ माँ–हरि बाबू।

माँ : तुम भी पानी पीने उठे थे?

हरि : हाँ माँ।

माँ : **(व्यंग्य से)** मैं यह प्यास अच्छी तरह समझती हूँ। पानी पी कर सोने जाओ। **(बीच का दरवाजा बन्द करना चाहती है, वैसे ही हरिबाबू एकदम दायें कमरे में माँ के रोकने के बावजूद घुस जाता है।)**

माँ : **(क्रोध से)** क्या है? क्या है? निकलो यहां से।

हरि : बाबूजी से एक काम है। **(बाबूजी के निकट जाकर)** फिफ्टी-फिफ्टी।

बाबू : क्या??

हरि : बाबूजी फिफ्टी-फिफ्टी।

बाबू : एक पैसा नहीं दूंगा।

माँ : निकल जा बेईमान, उचक्का। (मच्छरदानी का बांस मारने को तानती है, तो रानी दौड़ कर उसे पकड़ती है।) छोड़ दे रानी। आज मैं इस बदमाश से फैसला कर ही लूं।

हरि : (बक्स का एक कुंडा पकड़ कर, बक्स खींचते हुए) फिफ्टी-फिफ्टी

माँ : (घबराकर चीखती हुई, बाबूजी से) बक्स बचाओ। चाण्डाल लिये जा रहा है।

(बाबूजी दौड़ कर बक्स का दूसरा कुंडा पकड़कर अपनी ओर खींचते हैं।)

बाबू : छोड़ दे बक्स छोड़ दे। मैं बड़ा खराब आदमी हूं।

(हरि बाबू और बाबू जी दोनों बक्स को अपनी तरफ खींचते हैं।)

(बायाँ कमरा)

(बाहर के दरवाजे पर, बाहर से कोई दस्तक देता है। काके दायें कमरे से बायें कमरे में आता है तथा बाहर का दरवाजा खोलता है। शहंशाह बहादुर एक गुंडानुमा आदमी के साथ कमरे में आता है। काके उनको रोकना चाहता है।)

काके : अगर अन्दर गये तो-

शहंशाह : (काके को बांह से पकड़कर, दूर झटकते हुए) हट जा लौंडे। (गुंडेनुमा आदमी के हाथ में रुपये पकड़ाकर) आओ पहलवान। (शहंशाह बहादुर गुंडे को लेकर दायें कमरे में आता है। काके गुस्से से भीतर जाता है।)

(दायाँ कमरा)

(इस दौरान बाबूजी तथा हरी बाबू में बक्स के लिये खींचातानी जारी रहती है।)

हरि : फिफ्टी-फिफ्टी।

बाबू : मैं एक पैसा नहीं दूंगा। क्या समझता है अपने आप

को। मैं गुंडे के लिये गुंडा हूँ।

हरि : फिफ्टी-फिफ्टी।

माँ : (हरि से बक्स का कुंडा छुड़ाते हुए) छोड़ दे बक्स। फिफ्टी-फिफ्टी का बच्चा। छोड़ दे।

रानी : (हरि से) बक्स मत छोड़ना।

बाबू : मैं कच्चा चबा जाऊंगा। सारी शेख़ी निकाल दूंगा। हरामी का पिल्ला। साला।

रानी : (हरि से) बक्स मत छोड़ना।

माँ : (हरि से चिपटकर, दोनों हाथों से मारते हुए) छोड़ेगा कैसे नहीं। हरामजादा।

रानी : क्या करती हो माँ (हरि को छुड़ाने के लिये माँ को धक्का देती है। माँ दूर जा गिरती है।)

माँ : (चीखकर) ले मार।

हरि : फिफ्टी-फिफ्टी।

माँ : मार डाल मुझे। इसी दिन के लिये पाल पोस कर बड़ा किया था।

बाबू : खून पी जाऊंगा।

(रानी भी हरि के साथ बक्स अपनी ओर खींचती है, तो माँ दौड़ कर बाबू जी की सहायता करती है। तब ही बीच के द्वार से शहंशाह बहादुर, गुंडे को साथ में लिये हुए दायें कमरे में प्रवेश करता है। वह बीच में खड़े होकर बक्स की खींचा तानी देखता है। तब ही काके पीछे के द्वार से आकर, हाकी से शहंशाह बहादुर की पीठ पर मारता है। शहंशाह बहादुर चीख कर बक्स पर गिरते हैं। बक्स हरी और बाबूजी के हाथों से छूट कर गिर पड़ता है, और खुल जाता है। उसमें फटे जूते और पुराने कपड़े निकलते हैं। माँ, रानी, हरि तथा बाबूजी दौड़ कर समान उलटते पुलटते हैं। उसमें कुछ न पाकर निराश से माथे पर हाथ रख कर धम से जड़ होकर बैठ जाते हैं।

शहंशाह बहादुर भी बक्स से निकले सामान को देखता है और एक जूता उठा लेता है। फिर एक-एक करके माँ, बाबूजी, तथा रानी, हरि के निराश चेहरों को गौर से चश्में से देखता है। फिर दहाड़ मार कर रो उठता है।)

शहंशाह : (जूते को सीने से लगाकर रोते हुए) हाय भाभी, तुम तो अंगूठा दिखा गईं।

इति